La vengeance de Vidal Suarez

ABBY GREEN

La vengeance de Vidal Suarez

Traduction française de
MARIE BACHÉ

AZUR

HARLEQUIN

Collection : Azur

Titre original :
A RING FOR THE SPANIARD'S REVENGE

HARPERCOLLINS FRANCE
83-85, boulevard Vincent-Auriol, 75646 PARIS CEDEX 13
Service Lectrices — Tél. : 01 45 82 47 47 - www.harlequin.fr
ISBN 978-2-2804-9067-2 — ISSN 0993-4448

Composé et édité par HarperCollins France.
Imprimé en mai 2023 par CPI Black Print (Barcelone)
en utilisant 100% d'électricité renouvelable.
Dépôt légal : juin 2023.

FSC www.fsc.org MIXTE Papier issu de sources responsables FSC® C159065

Pour limiter l'empreinte environnementale de ses livres, HarperCollins France s'engage à n'utiliser que du papier fabriqué à partir de bois provenant de forêts gérées durablement et de manière responsable.

1.

Castillo de Santos, près de Madrid

Eva Flores frissonna malgré la température clémente de ce début d'automne. Elle aurait dû se sentir heureuse mais elle n'était même pas sûre de savoir ce qu'était réellement le *bonheur*. Elle ne l'avait éprouvé qu'à de rares occasions au cours de sa vie.

En revanche, elle était véritablement soulagée. Après une année passée à tenter de vendre le *castillo,* la seule demeure qu'elle eût jamais connue et dans laquelle elle avait grandi, un acheteur potentiel s'était enfin présenté.

Ce dernier devait arriver d'un moment à l'autre pour visiter le domaine avant la signature des contrats. Quand Eva avait exprimé son inquiétude à ce sujet, son avocat avait tenu à la rassurer : « Cet homme est vraiment intéressé. Pour lui, cette visite est une simple formalité. »

Mais Eva restait prudente. La vente n'avait pas encore eu lieu et, jusqu'à ce que ce soit le cas, elle restait la propriétaire solitaire de ce mausolée en ruines, avec ses souvenirs funestes et ses dettes colossales.

Le *castillo* lui avait toujours fait l'effet d'une prison. Elle ne serait libérée de son emprise qu'en s'en débarrassant.

Tandis qu'elle arpentait les jardins envahis par la végétation depuis le départ du dernier domestique, son cœur se serra.

À quoi bon ressasser ces souvenirs sombres ? Mieux valait

se concentrer sur le fait que, bientôt, elle pourrait commencer sa vie pour de bon et laisser son passé derrière elle.

Cet endroit lui faisait horreur. Pourtant, elle se sentait obligée d'en parcourir les allées, comme si elle espérait y voir apparaître un fantôme… *celui de sa mère ?*

Un sentiment familier l'envahit, mêlant tristesse et colère. Sa mère avait toujours cherché à contrôler sa vie de manière autoritaire. Ce n'est qu'à sa mort qu'Eva avait pu prendre du recul et tâcher enfin de comprendre qui elle était.

Elle poussa un portail en fer forgé qui menait à un petit jardin clos orné d'une fontaine. Le parfum enivrant des fleurs fanées lui emplit immédiatement les narines.

Les mauvaises herbes couraient le long des fissures. Eva aurait dû se sentir coupable de négliger ainsi les lieux, et pourtant, elle ne ressentait qu'un grand vide. Comme si elle était engourdie.

Elle se tourna pour observer le petit pavillon finement décoré qui se trouvait au fond du jardin et qui était désormais à moitié envahi par la végétation. C'était une splendeur architecturale qu'un ancêtre avait fait bâtir. Jamais ses parents n'auraient pris une telle initiative, eux qui n'avaient pas partagé le moindre amour. D'ailleurs, son père avait fini par les quitter quand Eva avait huit ans.

À la suite de son départ, sa mère avait sombré dans un gouffre d'amertume et de désespoir qui avait empoisonné ses relations avec sa fille. Elle avait transféré sur Eva toute sa rage et sa frustration, sans doute pour s'assurer que cette dernière ne subisse jamais le même sort qu'elle. Et jusqu'à présent, Eva pouvait attester que ça n'avait pas été le cas.

Après tout, ce n'est pas comme si elle avait eu l'occasion de rencontrer quelqu'un pour risquer d'être blessée.

Excepté avec…

Eva secoua la tête. Penser à cet homme faisait naître en elle des émotions qu'elle ne voulait pas examiner. Et cela, dès le premier instant où elle avait posé les yeux sur lui, alors qu'elle n'était qu'une adolescente. Il était grand et plus beau que tous les garçons qu'elle avait vus dans sa vie. Déjà à l'époque, elle devinait qu'ils étaient connectés d'une manière qui l'effrayait et qu'elle ne comprenait pas entièrement.

Mais sa mère s'en était aperçue. Elle avait surpris Eva en train de l'observer à travers la fenêtre tandis qu'il travaillait dans le jardin, torse nu, sa peau cuivrée soulignant la puissance de ses muscles.

Elle avait attiré sa fille près d'elle et lui avait déclaré : « Ce genre de garçon n'est mû que par un désir bestial, Eva. Tu vaux tellement plus que lui. N'hésite pas à le lui rappeler… »

Eva n'avait pas compris ce qu'elle insinuait mais, au fil des ans, c'était devenu évident. Sa mère voulait qu'elle le séduise. Qu'elle le provoque pour mieux se moquer de lui. Lui rappeler sa place et le fait qu'elle était totalement inaccessible pour un homme comme lui.

Le seul problème, c'est qu'il ne s'était jamais comporté comme une brute. Loin de là. Il s'était toujours montré poli, studieux et… sexy. Eva en avait pris conscience progressivement jusqu'à ce dernier été, celui de ses dix-huit ans, où elle avait eu le sentiment d'être une poudrière sur le point d'exploser sous l'effet brûlant du désir et d'émotions bien trop confuses pour qu'elle sache comment les gérer.

Elle se rappela leur dernière entrevue, dans ce jardin clos qui était à l'époque magnifiquement entretenu.

Il était si grand, si puissant, avec ses cheveux noirs coupés court et son expression sérieuse. Il lui avait jeté un regard empreint de méfiance et de pitié qui l'avait rendue folle.

Elle frémit à l'évocation de ce souvenir et serra les poings sans s'en rendre compte. C'est comme si elle ressentait à nouveau la brûlure de la honte. Jamais elle ne s'était sentie aussi perdue qu'en cet instant.

Pourquoi diable s'entêtait-elle à convoquer ainsi le passé alors qu'elle ne devait songer qu'à l'avenir ?

Et voilà qu'elle traînait dans ce jardin, vêtue d'un vieux jean, d'une chemise élimée et d'une paire de baskets. Décidément, elle n'avait rien d'une propriétaire de château, si tant est qu'on puisse encore la nommer ainsi dans la mesure où la banque possédait quasiment tout.

Quelle triste situation pour l'ultime descendante de la lignée illustre de sa mère…

Assez tergiversé. Il était temps d'aller se changer.

Elle se retourna pour sortir du pavillon mais s'arrêta brusquement en apercevant un homme qui se tenait dans l'entrée. Il était face au soleil et le contre-jour empêchait Eva de distinguer précisément ses traits, mais sa silhouette était large et imposante.

C'était sans doute l'acheteur potentiel. Mais comment avait-il trouvé cet endroit ? Le jardin était un véritable labyrinthe, même pour elle qui y avait passé sa vie.

Elle mit une main au-dessus de ses yeux pour tenter de se cacher du soleil.

— Bonjour. Puis-je vous aider ?

L'homme s'avança et elle s'aperçut qu'il était encore plus grand qu'elle ne l'avait imaginé. Puis elle vit son visage et son cœur s'arrêta de battre.

Impossible.

Il enleva ses lunettes de soleil, révélant des yeux bien trop familiers d'une couleur inhabituelle. Aigue-marine. Ils lui avaient toujours fait penser à la mer.

— Bonjour Eva, dit-il d'une voix grave.

Elle cligna des paupières, incrédule.

Il portait un costume qui mettait en valeur son corps puissant. Elle ne l'avait jamais vu habillé ainsi. À l'époque, il était toujours en jean et en T-shirt.

— Vidal Suarez…

Elle murmura le nom auquel elle avait refusé de penser quelques instants auparavant, sans même se rendre compte qu'il l'avait entendue.

— Tu te souviens donc de moi.

— Je… Que fais-tu ici ?

Il fit quelques pas vers elle et regarda autour de lui. Eva le fixa, troublée. Était-ce vraiment lui ?

— J'aimais bien cet endroit, dit-il, l'air songeur. Dommage qu'il soit dans cet état. Mais ta mère et toi avez toujours fait preuve de négligence vis-à-vis du *castillo* et de son entretien.

Ses mots la transpercèrent comme une lame. La mère d'Eva s'était délectée de la ruine du *castillo*. Comme si l'état de délabrement du domaine pouvait faire comprendre à son père l'énormité de son erreur et le convaincre de revenir. Mais cela n'était jamais arrivé. Et le château avait lentement poursuivi son déclin, malgré les efforts des quelques employés qui restaient pour lui maintenir une allure respectable.

— Que fais-tu ici ? répéta-t-elle.

— Je pensais que tu m'attendais…

Elle le regarda, confuse.

— J'attends quelqu'un de chez Sol Entreprises.

— Sol Entreprises est ma société.

Eva secoua la tête.

— Mais, comment ? Pourquoi… ?

Et tandis qu'elle posait cette question, elle se remémora ce même homme, sept ans auparavant, qui déclarait : « Certains naissent avec des privilèges et d'autres doivent les gagner, ce qui est bien plus satisfaisant selon moi. Il suffit de te regarder pour le comprendre. »

La clarté de ce souvenir la fit rougir.

Vidal la fixait en silence et, soudain, elle eut le sentiment que les murs du jardin se refermaient sur elle. L'espace d'un instant, elle crut qu'elle allait s'évanouir mais, Dieu merci, elle parvint à recouvrer ses esprits. Il fallait qu'elle parte d'ici.

— Nous devrions aller dans la maison, fit-elle en évitant son regard.

— C'est une bonne idée.

Tandis qu'Eva le devançait sur le sentier qui les menait jusqu'à la demeure, elle se força à respirer lentement. Elle ne s'attendait pas à revoir Vidal Suarez. Celui-ci menait à présent une vie si éloignée de celle qu'il avait vécue lors de son séjour au *castillo*. Lorsqu'il était arrivé, à l'âge de vingt ans, il était déjà connu dans la région comme un garçon au talent exceptionnel, qui avait obtenu une bourse dans l'une des écoles les plus prestigieuses d'Espagne, puis dans les meilleures universités du monde. C'est probablement la raison pour laquelle la mère d'Eva l'avait autorisé à séjourner là pendant ses vacances – à condition qu'il aide son père, gratuitement, bien entendu.

Vidal était devenu entrepreneur et il avait tracé sa route à travers le monde avant de s'installer à San Francisco, dans le berceau de l'innovation technologique. À présent, il était milliardaire.

Des années après que les Suarez eurent quitté le *castillo*, et alors que leur propre fortune déclinait, la mère d'Eva – qui avait suivi les progrès stratosphériques de Vidal – avait dit à sa fille : « Tu devrais aller lui demander de l'aide. Il nous doit beaucoup. »

Eva s'était tournée vers elle, pleine d'une fureur à peine contenue. « Il ne nous doit rien, maman. Rien du tout ! »

C'est nous qui lui sommes redevables. Et moi, surtout, avait-elle songé sans oser le formuler à voix haute.

À présent, elle percevait presque dans son dos le regard désapprobateur de Vidal qui découvrait l'état de la propriété. Elle se sentait coupable, même si elle n'aurait rien pu y faire. Elle avait consacré toute son énergie à se maintenir à flot et cela n'avait servi à rien en fin de compte.

Ils arrivèrent devant l'entrée du château, qui faisait face à une grande cour au centre de laquelle trônait une élégante fontaine, à présent tristement asséchée. Une voiture de sport luxueuse – probablement celle de Vidal – était garée sur le côté. Cette vision semblait incongrue au milieu de ce décor miteux.

Le bâtiment lui-même était un imposant mélange d'architecture classique et mauresque. L'entrée en arc de cercle était ornée de piliers en pierre.

Un souvenir douloureux surgit dans l'esprit d'Eva. Un soir, sa mère avait invité Vidal à dîner avec elles. Eva était mortifiée à cette perspective. Elle avait seize ans, des rêves plein la tête et un désir dont elle ne savait que faire.

Vidal s'était présenté comme convenu. Jamais elle ne l'avait vu aussi beau, avec son pantalon fraîchement repassé et sa chemise. Il sentait le musc et les épices.

Sa mère avait passé l'intégralité du repas à parler de lui à sa fille comme s'il n'était pas là. Comme s'il était un spécimen dont il fallait discuter et non un être humain avec lequel on pouvait avoir une conversation.

Eva avait brûlé de honte et de colère contenues toute la soirée. Mais là encore, elle n'avait pas eu le courage de tenir tête à sa mère et elle s'était entourée d'une armure invisible, pour cacher ses sentiments et ses désirs.

Vidal avait supporté le dîner sans se départir de sa politesse et de sa fierté. Mais plus jamais il ne les avait approchées.

Et à présent, il était là, visiblement intéressé par l'achat du *castillo.* Au fond, peut-être était-ce sa façon de surmonter l'affront qu'il avait subi. C'était néanmoins étonnant qu'il n'ait pas mis tous ces souvenirs derrière lui. Pour oublier à jamais ce lieu et ses propriétaires…

Eva le mena jusqu'à la salle de réception et elle grimaça face à l'état encore plus déplorable de l'intérieur du château : papier peint décollé, taches d'humidité sur les murs, tapis d'Orient défraîchis, portraits d'ancêtres couverts de saleté… Quant aux seuls meubles qui restaient, ils étaient recouverts de draps poussiéreux.

Elle prit une grande inspiration pour se donner du courage et se tourna vers Vidal. Mais dès qu'elle posa son regard sur sa carrure puissante, ses cheveux noirs coupés court et son visage dur dominé par de grands yeux profonds, elle sentit son courage vaciller.

Sa barbe noire soigneusement taillée ne faisait qu'attirer l'attention sur sa bouche. Une bouche large aux lèvres sensuelles et presque tendres.

Mais leur contact avait été plus ferme que tendre.

Le cœur d'Eva bondit dans sa poitrine.

Pitié, pas ces souvenirs. Pas maintenant...

— Tu me regardes comme si tu ne m'avais jamais vu auparavant, fit-il.

Une vague de chaleur la gagna.

— Tu sembles... différent.

— Je le suis.

Le ton sévère avec lequel il prononça ces mots fit comprendre à Eva à quel point c'était vrai. Issu d'un milieu modeste, Vidal avait gravi tous les échelons du succès. Sa fortune était inestimable et il possédait des biens immobiliers dans toutes les grandes villes du monde.

Elle baissa les yeux vers ses vêtements usés.

— J'allais me changer avant... avant que tu n'arrives.

Il la balaya de son regard aigue-marine et elle eut le sentiment étrange de revenir à la vie. Comme si elle avait été endormie jusque-là.

— Ce n'est pas ta tenue habituelle ? Comment pourrais-je le savoir ? Cela fait si longtemps. Visiblement, le déclin du *castillo* ne s'est pas limité au bâtiment...

— Je pense qu'il est évident que beaucoup de choses ont évolué...

Vidal contempla la pièce avant de poser à nouveau les yeux sur elle.

— La situation est différente en effet. Et même si je mentirais en prétendant que j'appréciais ta mère, je te présente mes condoléances.

Eva fit ce qu'elle put pour cacher son trouble.

— Je te remercie, répliqua-t-elle en soutenant son regard.

Il secoua la tête en soupirant.

— Même son évocation ne fait pas naître la moindre émotion en toi. Vous étiez vraiment faite du même bois toutes les deux...

Elle le fixa, à court de mots. Comment pouvait-il penser une chose pareille ?

Elle se força à sourire comme si de rien n'était.

— Cette situation est tout de même surprenante, tu ne

trouves pas ? déclara-t-elle pour changer de sujet. Et sinon, comment va ton père ?

Vidal la foudroya du regard.

— Tu veux dire que tu n'es pas au courant ?

— De quoi est-ce que tu parles ? murmura-t-elle, le cœur battant.

— Il est mort, fit-il d'une voix plate.

Eva resta silencieuse quelques instants, hésitant à reprendre la parole.

— Mais comment ? finit-elle par demander. Quand ?

— Comme si cela t'importait.

— J'ai toujours aimé ton père, s'écria-t-elle, sur la défensive. Il était si gentil.

— Bien plus que ta mère et toi ne le méritiez.

Elle se souvint, mortifiée, d'un jour où, sur l'injonction de sa mère, elle avait donné un ordre au père de Vidal d'un ton sec. Alors qu'elle s'éloignait, Vidal l'avait interpellée en lui jetant un regard furieux.

« Comment oses-tu t'adresser ainsi à un aîné ? avait-il sifflé. Pour qui te prends-tu ? »

Rouge de honte, Eva s'était retranchée derrière cette indifférence froide que sa mère lui avait si bien enseignée. Elle avait levé le menton en signe de défi.

« Et toi, pour qui te prends-tu ? Tu n'es même pas un employé ici. Si tu es là, c'est seulement grâce à la générosité de ma mère.

— Tu es vraiment un cas désespéré, avait-il répondu en secouant la tête. Regarde-toi. Tu n'as plus que ton nom et le souvenir de tes privilèges auxquels te raccrocher. Tu es pathétique. Ne parle plus jamais à mon père sur ce ton. »

Eva avait failli fondre en larmes et elle avait compris à quel point elle était faible.

Elle chassa ce souvenir douloureux de ses pensées.

— Comment… ? Quand est-il mort ?

— Peu de temps après avoir quitté le *castillo*.

— Mais c'était il y a à peine cinq ans. Était-il malade ?

— Il était fier, répliqua Vidal d'une voix froide. Et il gardait une loyauté envers ta mère, même si celle-ci n'avait que faire de lui. Elle l'a laissé partir sans aucune compensation financière. J'étais aux États-Unis à l'époque. Je lui ai demandé de me rejoindre mais il m'a répondu qu'il ne voulait pas être un fardeau pour moi. Son cancer était déjà très avancé quand les médecins l'ont diagnostiqué. Il est mort en quelques mois, sans que je puisse faire quoi que ce soit.

— Je suis vraiment désolée, dit Eva, bouleversée. Je l'ignorais.

— Pourquoi l'aurais-tu su ? Pour vous, il n'était qu'un employé parmi d'autres, sans nom ni visage. Il travaillait ici quand il est tombé malade mais ta mère a refusé qu'il prenne des congés pour aller se faire soigner. Et il n'a pas voulu faire d'histoires.

Eva se rappela le jour où le père de Vidal était parti. Le vieil homme semblait à bout de forces. Elle avait proposé de l'aider, mais il l'avait rassurée en disant qu'il allait bien.

Tous ces souvenirs pesaient trop lourd. Voilà pourquoi Eva voulait se séparer du *castillo.* Pour ne plus être obligée de revivre ce passé si douloureux.

Elle croisa les bras sur sa poitrine.

— Vidal, dis-moi pourquoi tu es vraiment revenu…

Vidal soupira. Oui, pour quelle sombre raison était-il de retour ? Une réponse résonna dans son esprit avant qu'il ne la chasse.

Parce que tu n'arrivais pas à l'oublier.

Balivernes. Il avait en effet un projet pour ce *castillo*, et celui-ci n'avait aucun rapport avec Eva Flores.

En es-tu sûr ?

Impossible d'ignorer les picotements sous sa peau et le désir qui flambait soudain dans ses veines.

Pour cette femme ? Après tout ce temps ? C'était irritant. D'autant qu'il n'avait pas pensé à elle pendant toutes ces années.

Menteur.

Pour être tout à fait honnête, elle était revenue de temps à autre occuper ses pensées. C'était le plus souvent comme il se trouvait avec d'autres femmes qu'il s'était surpris à penser à la beauté froide et aux airs hautains d'Eva. Il s'était demandé alors si elle était toujours une reine des glaces, incapable d'esquisser ne serait-ce qu'un sourire qui prouverait qu'un peu de chaleur existait dans son cœur.

Et à présent qu'il se tenait face à elle, il constatait qu'elle était exactement conforme à ses souvenirs, et différente à la fois, sans qu'il parvienne à comprendre en quoi. Elle était encore plus belle, avec ses longues jambes galbées et ses courbes si féminines.

Elle avait été scolarisée à domicile. À l'époque, Vidal avait eu de la peine pour elle, la comparant à une fleur de serre, tenue à l'écart de la société. Mais il suffisait qu'il exprime la moindre compassion pour qu'elle réplique par une critique féroce.

Eva n'était pas comme les autres. Elle était le produit de son illustre lignée et elle était née pour épouser quelqu'un à sa hauteur. Comme elle aimait à le lui rappeler.

« Ignore-la, mon fils, elle ne sait même pas ce qu'elle fait », avait l'habitude de lui répéter son père.

Mais Vidal avait toujours été persuadé du contraire. Eva était consciente de l'effet qu'elle produisait sur lui et elle en avait joué pour mieux le torturer.

Et à en juger par sa dernière rencontre avec la jeune femme, le jour de son dix-huitième anniversaire, il avait eu raison.

Il sentait encore son corps mince tremblant de désespoir. La façon qu'elle avait eue d'enrouler ses bras fins autour de son cou en plaquant ses lèvres pleines de petite fille gâtée contre les siennes.

Face à cette douceur soudaine qui contrastait tant avec sa froideur habituelle, Vidal avait manqué de perdre la tête. Un feu si intense était né en lui qu'il en était presque devenu fou.

Presque.

Il l'avait saisie par les bras pour la repousser. Choquée, Eva l'avait fixé de ses grands yeux noisette aux éclats dorés. Sa queue-de-cheval était à moitié défaite et ses cheveux bruns soyeux entouraient son visage aux pommettes aristocratiques.

Pour la première fois, il avait cru percevoir un soupçon de vulnérabilité dans son regard, ce qui lui avait permis de reprendre le contrôle.

Il l'avait lâchée et s'était reculé.

« Que fais-tu ? » avait-il demandé.

Mais quand il avait à nouveau baissé les yeux vers elle, le visage de la jeune femme avait retrouvé sa froideur habituelle.

« Je sais que tu as envie de moi, Vidi, avait-elle répondu en haussant les épaules. À quoi bon résister ? »

Vidi. Elle avait pris l'habitude de l'appeler par ce surnom, comme s'ils avaient été intimes.

Il avait secoué la tête, convaincu de s'être trompé en croyant percevoir sa fragilité. Cette fille était plus solide qu'un roc.

« Tu n'es qu'une gamine. »

Les yeux d'Eva avaient brillé comme un brasier.

« J'ai dix-huit ans aujourd'hui ! »

En d'autres circonstances, il lui aurait souhaité un joyeux anniversaire. Mais elle n'était pas quelqu'un avec qui il pouvait se comporter de manière rationnelle.

Dire qu'il avait failli oublier tout cela quelques secondes auparavant, quand son corps tendre se pressait contre le sien et que sa bouche gourmande recherchait désespérément ses baisers. Son sexe avait durci instantanément.

« Trouve quelqu'un de ton âge à torturer, Eva. J'ai d'autres chats à fouetter. »

Elle avait levé la main comme pour le gifler et il avait retenu son geste en lui attrapant le poignet. Si elle avait su alors l'envie irrésistible qu'il avait eue de l'embrasser et de lui montrer son désir pour elle…

« Comme je l'ai dit, Eva, trouve quelqu'un de ton âge. Tu es la dernière personne que j'aurais envie de toucher. »

Il avait lâché son poignet et s'était éloigné sans un mot ni un regard de plus, mais en proie à une émotion qu'il n'avait jamais ressentie dans sa vie. Cette femme était dangereuse.

Et maintenant, elle était juste en face de lui, faisant renaître ces souvenirs troublants.

À première vue, elle semblait différente avec ses vieux vêtements et cette beauté hautaine qui avait mûri en quelque chose de bien plus puissant.

Mais Vidal se doutait que ces changements n'étaient que superficiels. Au fond, elle était toujours la même princesse dédaigneuse.

Il contempla les traits de son visage si familier. De grands yeux noisette surmontés de sourcils bien dessinés. Un nez droit. Des pommettes hautes. Et cette bouche. Encore plus pleine et provocante qu'elle l'avait été lors de leur dernière entrevue. Sa peau parfaite était légèrement dorée. Soyeuse. Comme une invitation à la toucher.

Il prit une grande inspiration et serra les poings.

— Pourquoi je suis revenu, Eva ? Tout simplement pour accomplir les dernières volontés de mon père. Et aussi parce que j'étais curieux.

2.

Eva avait la gorge nouée.

— Curieux à quel sujet ? demanda-t-elle.

Elle se sentait mise à nu. Exposée comme jamais. Elle ne s'était pas préparée à revoir Vidal Suarez.

Ce dernier jeta un regard à la pièce d'un air insouciant. Il avait beau venir d'un milieu modeste, il avait l'air parfaitement à sa place dans cet endroit majestueux.

Était-ce cela qu'il cherchait ? Se réjouir de ce retournement de situation ?

Un sentiment de vulnérabilité la poussa à formuler cette question à voix haute.

Vidal plongea ses yeux dans les siens.

— Tu penses que j'ai du temps à perdre pour cela ?

— Mais alors, pourquoi ?

Il resta silencieux si longtemps qu'Eva pensa qu'il n'avait pas l'intention de lui répondre.

— Mon père a toujours aimé le château et ses jardins, finit-il par murmurer. Ne me demande pas pourquoi. Je ne partageais pas ses sentiments.

Moi non plus, pensa Eva.

— Sur son lit de mort, il m'a avoué qu'il aurait aimé que ma mère soit en vie pour voir les jardins du *castillo*, reprit-il. Il m'a demandé de sauver cet endroit et d'empêcher qu'il s'effondre entièrement. Il savait que, après son départ, plus personne n'en prendrait soin.

Eva secoua la tête.

— Je n'arrive pas à croire que cela comptait autant pour lui.

— C'est parce que ce lieu ne signifie rien pour toi. Et pourtant tu y es née. Et tes ancêtres l'ont construit.

— Cela ne m'oblige pas à l'aimer, répondit-elle, sur la défensive. Est-ce si mal de vouloir vivre ma propre vie à présent ?

Vidal la regarda en plissant les yeux, ce qui ne fit qu'accroître son malaise.

— Aucunement. Je comprends que le *castillo* ait pu t'étouffer. En général, les gens de ton milieu mènent des vies beaucoup plus glamour. Je suppose que tu as déjà choisi un héritier malchanceux qui te permettra de retrouver un confort à la hauteur de tes attentes.

L'espace d'une seconde, Eva faillit éclater de rire. Un rire aigu, à moitié hystérique. Puis, elle se rappela que Vidal Suarez ignorait tout de son quotidien.

Dans la mesure où elle était issue d'un monde privilégié, il devait penser qu'elle avait droit automatiquement à une sorte de passeport pour une existence brillante. Et qu'elle recherchait forcément cela.

Il ne pouvait pas être plus éloigné de la vérité. Mais c'est bien la vie que sa mère avait envisagée pour elle. Pourtant, cela n'avait pas marché comme elle l'aurait voulu.

Après avoir été tenue des années à l'écart de la société, Eva avait eu un mal fou à s'intégrer. Elle ne possédait aucune des compétences sociales ou des connaissances nécessaires pour naviguer dans le monde impitoyable de la haute société espagnole.

Elle gardait le souvenir mortifié d'une fête pour laquelle sa mère avait réussi, on ne sait comment, à obtenir une invitation. C'était l'anniversaire de l'un des héritiers d'une famille illustre d'Espagne.

Eva, qui venait d'avoir dix-huit ans, était entrée en tremblant de nervosité dans la salle de bal. La première chose qu'elle avait remarquée avec horreur était que sa robe était affreusement démodée. Les jeunes gens autour d'elle étaient élégants et sophistiqués. En comparaison de celle des autres, sa tenue était bien trop guindée. L'assistance entière s'était retournée pour l'observer et un silence pesant s'était installé. Jusqu'à ce que quelqu'un ricane.

Désespérée, elle s'était réfugiée dans les toilettes des filles et s'était enfermée dans l'une des cabines. Mais au bout de quelques minutes, elle avait entendu des voix.

« C'était vraiment Eva Flores ? Je croyais que c'était une légende. Il paraît qu'elle vit recluse depuis des années.

— Tu l'as bien regardée ? avait répliqué une autre fille d'un ton sec. On dirait qu'elle est restée bloquée dans le temps, comme ces sauvages qu'on retrouve dans les bois. Elle ne portait même pas de maquillage ! »

Les filles étaient parties des toilettes en riant, et au bout d'une minute, Eva était sortie à son tour et avait réussi à quitter la fête sans se faire remarquer. Elle s'était juré de ne plus jamais assister à ce genre d'événements. Et elle avait tenu parole jusqu'à présent.

Elle chassa ce souvenir pénible de son esprit.

— Ce que je compte faire de mon avenir ne te concerne pas, déclara-t-elle à Vidal. Si ton projet de racheter le *castillo* n'est pas sérieux, il vaut mieux que tu t'en ailles. J'ai des engagements à tenir.

Comme celui d'aller travailler comme femme de chambre dans l'un des hôtels les plus luxueux de Madrid.

Mais plutôt mourir que de le lui avouer. C'était déjà humiliant qu'il la prenne pour une mondaine sans le sou. Il n'avait pas besoin de connaître la triste réalité.

Vidal la toisa en croisant les bras.

— Oh ! mais j'ai la ferme intention d'acquérir cette propriété. Je ne suis pas venu ici pour des retrouvailles… aussi heureuses soient-elles.

Son ton moqueur la surprit. Le Vidal qu'elle avait connu plaisantait rarement et affichait un air sérieux la plupart du temps. Un jour, alors qu'elle s'était réfugiée pour lire dans son coin préféré du jardin, il était apparu avec des outils de jardinage.

Eva se souvenait encore de la façon dont son cœur avait chaviré en l'apercevant.

Il s'était arrêté à son niveau et l'avait regardée par-dessus ses lunettes de soleil, l'air grave.

« Tu ne vois jamais d'autres gens ?

— Je n'ai besoin de personne, avait-elle répondu, sur la défensive, alors qu'en vérité elle n'avait aucun ami.

— Tout le monde a besoin de quelqu'un.

— Tu as lu ça au dos d'un paquet de céréales ? » avait-elle rétorqué.

Vidal s'était contenté de secouer la tête, comme s'il était désolé pour elle.

« Et si tu commençais par sourire de temps en temps ? Qui sait, ça pourrait donner envie à quelqu'un d'apprendre à te connaître », avait-il ajouté avant de s'éloigner sans un regard.

Eva s'était sentie affreusement mal. Au fond, elle souffrait de solitude et aurait adoré avoir un ami. Vidal était ce qui s'en rapprochait le plus, même si sa mère avait fait en sorte que leur relation soit faussée dès le départ.

Pourtant, elle avait toujours eu le sentiment que cet homme pouvait voir au plus profond de son être ses doutes, ses besoins et sa vulnérabilité.

Il avait fallu la mort de sa mère pour qu'Eva ait enfin l'impression de penser pour elle-même, mais, même à présent, elle avait du mal à faire confiance à son propre instinct.

Elle prit une grande inspiration. Ce n'était pas le moment de vaciller. L'enjeu était trop important.

Elle se dirigea vers la porte qui menait au vestibule.

— Comme je l'ai dit, j'ai des engagements, déclara-t-elle. Si tu es sérieux au sujet de cette vente, tu as les coordonnées de mon avocat. N'hésite pas à rester si tu veux poursuivre ta visite. De mon côté, je vais devoir te laisser.

— Quel genre d'engagements ?

Eva s'arrêta avant de se tourner vers lui.

— J'ai rendez-vous avec des amies pour boire un verre.

Ce petit mensonge était tellement plus simple à prononcer que la vérité. La dernière chose dont elle avait besoin était de voir la pitié s'afficher sur le visage de Vidal. C'était déjà arrivé une fois et elle ne voulait plus jamais revivre cette expérience.

— Je suis heureux d'apprendre que tu t'es fait des amis.

Elle sentit sa gorge se nouer. En vérité, elle n'en avait toujours pas à proprement parler. Pas vraiment. Il y avait bien une collègue à l'hôtel qui était sympathique, mais Eva était consciente qu'elle ne devait pas trop en dire, de peur que cette dernière ne découvre son identité.

Leur relation était donc superficielle et leur conversation cantonnée à leur environnement au travail. Chaque soir, Eva la regardait enfourcher la moto de son petit ami, qui l'attendait à l'entrée du personnel, et elle enviait sa liberté.

Eva devait à tout prix s'éloigner de Vidal, et de ces émotions qui remontaient à la surface et l'affaiblissaient. C'était dangereux.

— Je dois aller me préparer. Tu claqueras la porte en sortant.

— Tu n'as pas peur des cambrioleurs ?

Elle esquissa un sourire crispé. Le dernier objet de valeur avait été vendu depuis des années.

— Non…

Elle ouvrit la porte et sortit, consciente du regard de Vidal dans son dos. Elle avait toujours du mal à croire qu'il était apparu ici, après tout ce temps, pour respecter la volonté de son père. N'était-ce pas plutôt elle qui aurait dû faire tout ce qui était en son pouvoir pour sauver son héritage ?

En allant voir son propre père par exemple, pour lui demander du soutien. Eva frissonna à l'évocation de ce souvenir. Car elle l'avait fait. Elle était allée le supplier de l'aider, et la façon dont il l'avait traitée lui avait fait comprendre sans ambiguïté qu'elle ne pourrait jamais compter sur lui.

Si Vidal Suarez était le seul à pouvoir la libérer de son passé, elle n'avait d'autre choix que d'accepter cette vente.

Mais une fois l'accord conclu, elle poursuivrait sa vie et oublierait le plus vite possible cet homme.

Vidal regarda Eva sortir de la pièce avec la grâce d'une danseuse. Même pauvrement habillée et dans ce décor en ruines, elle gardait une allure de princesse.

Il sentit son ventre se serrer. Il avait le sentiment que quelque chose lui glissait entre les doigts. Peut-être un léger mouvement de panique à l'idée de ne plus jamais la revoir ? Impossible. Eva Flores n'était rien pour lui. Il avait simplement eu envie de découvrir dans quel état était le *castillo*. Et voir si la jeune femme avait changé.

Et à présent, il avait satisfait sa curiosité. En vérité, l'état du domaine l'avait choqué. Il ne s'attendait pas à ce qu'il soit si délabré. Une inquiétude sourde le gagna, qu'il chassa de ses pensées. Eva n'avait peut-être pas d'autre choix que de vendre la maison familiale pour survivre. Mais elle survivrait, il n'en doutait pas. Manifestement, elle avait vécu dans sa tour d'ivoire jusqu'à ce qu'il soit impossible de nier la décadence.

Et elle ne tarderait pas à se trouver un mari à la hauteur de ses attentes.

Vidal jeta un dernier coup d'œil au salon. Il devinait sans peine que le reste du château serait dans le même état. Et il n'avait pas besoin de revoir l'appartement minable dans lequel il avait vécu avec son père, traités qu'ils étaient comme des citoyens de seconde zone.

C'est seulement parce que ce dernier avait exprimé le souhait qu'il fasse un geste pour le *castillo* et ses jardins qu'il était là aujourd'hui.

Il avait toujours soupçonné son père d'avoir un faible pour Eva et sa mère, malgré la façon dont elles l'avaient traité. Cela lui semblait incompréhensible, mais qu'importe. Une fois l'affaire conclue, il n'aurait plus à se poser de questions au sujet d'Eva Flores. La jeune femme disparaîtrait au sein de la société pour laquelle elle avait été élevée.

Eva poussa son chariot le long du couloir silencieux. La moquette luxueuse indiquait qu'elle se trouvait dans le secteur VIP de cet hôtel de luxe dont le décor était semblable à celui d'un palais royal.

Encore quelques chambres à préparer pour la nuit et elle allait enfin terminer son service. Chacune de ses articulations la faisait souffrir après des heures passées à faire les lits et à récurer les salles de bains. Et pendant tout ce temps, elle n'avait cessé de penser à Vidal. Un homme qu'elle croyait ne plus jamais revoir. Une question la hantait : était-il vraiment intéressé par l'achat du *castillo* ou s'agissait-il d'un coup monté pour lui faire payer ses méchancetés d'autrefois ?

Au fond, Eva ne pensait pas que Vidal puisse être aussi machiavélique. Comme il l'avait dit, il avait d'autres chats à fouetter. Et des milliards à engranger. Après tout, peut-être que l'histoire qu'il avait racontée au sujet de son père était vraie. M. Suarez semblait sincèrement aimer cet endroit.

Eva frissonna en pensant à la tristesse persistante qui imprégnait le *castillo*. Elle secoua la tête et se focalisa sur la tâche qu'il lui restait à accomplir. Elle rassembla sur le chariot les objets dont elle avait besoin pour préparer la dernière chambre et frappa légèrement à la porte. C'était la plus grande suite de l'hôtel et, à cette heure-ci, il y avait peu de risque que les clients soient présents. Sans attendre de réponse, elle annonça donc d'une voix claire en ouvrant avec sa clé :

— Bonsoir. Service de couverture.

Mais elle s'immobilisa sur le seuil en constatant qu'un homme se trouvait dans la suite. Celui-ci se retourna pour venir vers elle, un téléphone portable collé contre son oreille.

Ils se regardèrent, et le choc qu'elle ressentit se refléta sur le visage de l'homme.

— Toi ? murmurèrent-ils d'une même voix.

— Je te rappelle, Richard, dit Vidal Suarez d'un ton sec avant de raccrocher.

Eva n'arrivait pas à y croire. Vidal, dans cette suite ? Il la fixa avec une stupéfaction non feinte. Il avait enlevé sa veste et le col de sa chemise était entrouvert. C'était curieusement intime de le voir ainsi vêtu.

— Service de couverture, répéta-t-elle d'une voix plate.

— C'est avant ou après le verre avec tes copines ?

— J'ai menti.

La rapidité avec laquelle elle l'admit sembla le surprendre.

— Pourquoi ?

Eva leva la tête pour soutenir son regard. Elle se tenait toujours dans l'embrasure de la porte, son matériel dans les mains. Des bruits de pas et des rires s'élevèrent dans le couloir.

— Entre, dit Vidal en refermant la porte derrière elle.

Elle pénétra dans le salon aux couleurs douces et à la lumière tamisée. Vidal se retourna pour lui faire face. Derrière lui, la ville de Madrid scintillait à travers les larges baies vitrées.

— Pourquoi m'as-tu menti ?

Eva soupira.

— Je ne voulais pas que tu saches à quel point ma vie est difficile.

Il fronça les sourcils.

— Il me semblait évident que tu n'avais plus les moyens d'entretenir le *castillo*, mais est-ce grave à ce point ?

Eva hocha la tête sans dire un mot. Il la balaya du regard et elle eut soudain honte de son uniforme de femme de chambre. Robe noire boutonnée et tablier blanc, cheveux coiffés en arrière, collants, chaussures plates et maquillage discret.

Il lui prit ses affaires des bras et les déposa sur une table voisine.

— Depuis combien de temps travailles-tu ici ?

— Un an, environ.

— Donc, depuis que ta mère est morte.

Ce n'était pas une question et Eva se contenta d'opiner.

— Nous… enfin, j'ai des dettes énormes. Maman avait hypothéqué le *castillo* pour nous maintenir à flot et pouvoir garder le personnel mais, en fin de compte, cela n'a pas suffi.

— Et ton père ?

Eva secoua la tête.

— Ce n'est pas une option.

— Ce n'est pas ce qu'a dit la presse. J'étais aussi à Londres quand tu es apparue à ses côtés lors de cet événement.

Oh ! mon Dieu, il était dans la même ville à ce moment-là… Eva sentit une vague de nausée monter au creux de son ventre.

— La réalité n'avait rien à voir avec les apparences.

Hors de question de lui expliquer comment son père l'avait humiliée ce soir-là.

Vidal leva les yeux au ciel comme s'il doutait de la véracité de ses propos puis il se détourna.

D'habitude, quand elle entrait dans ce genre de suite, Eva ne prêtait guère attention au décor et restait concentrée sur son travail. Cette fois-ci, c'était différent, et elle se rendit compte que Vidal était parfaitement à l'aise dans cet espace si luxueux. Les rôles étaient vraiment inversés à présent. Maintenant, c'est elle qui était pauvre et à sa merci.

Soudain, la panique la gagna et elle ne put s'empêcher de demander :

— Tu comptes toujours acheter le *castillo* ?

Vidal se tenait face au bar. Il pivota vers elle.

— Tu veux boire quelque chose ?

Elle avait la gorge sèche.

— Je veux bien un verre d'eau.

Son visage la brûlait. Heureusement, il lui tournait le dos. Elle contempla sa silhouette. De larges épaules, des hanches étroites et des jambes puissantes dont les muscles bougeaient sous le tissu fin.

Il se retourna à nouveau et elle fixa son torse, la peau dorée de son cou et la toison brune qu'elle devinait dans l'échancrure de sa chemise entrouverte.

Il s'approcha d'elle et lui tendit un verre de cristal empli d'eau pétillante.

Elle en but rapidement une gorgée et manqua avaler de travers. Jamais elle ne s'était sentie aussi gauche. Elle avait été élevée dans le but de se fondre dans la haute société mais, à la mort de sa mère, elle s'était rendu compte qu'elle n'était préparée à rien du tout.

Elle avait vécu dans un univers imaginaire et obsolète, et même si leur nom et leur lignée étaient encore vénérés dans certains milieux, le monde avait évolué.

De toute façon, Eva s'en souciait peu. Ses privilèges l'avaient tenue à l'écart de la société pendant trop longtemps. Elle aspirait à la normalité. Elle voulait découvrir qui elle était vraiment.

— Ça va mieux ? demanda Vidal en la ramenant brusquement à la réalité.

— Oui, je te remercie, répondit-elle en lui rendant le verre. Je dois retourner au travail. Mon patron va se demander où je suis.

— Tu ne veux pas connaître ma réponse au sujet de l'achat du *castillo* ?

Elle s'immobilisa. Il jouait avec elle. Elle aurait dû s'en douter. Soudain, elle fut tentée de se cacher derrière le vernis froid qu'elle maîtrisait si bien.

— Je m'en moque complètement, Vidal. Si ce n'est pas toi, quelqu'un d'autre l'achètera tôt ou tard.

Avant qu'elle ne puisse esquisser un geste, il prit ses mains dans les siennes et les retourna pour les examiner en détail. Elle vit les rugosités, les ongles courts. La vérité nue.

— Oh si, je pense que cela t'importe. Tu n'es pas faite pour cela.

Eva retira ses mains et les dissimula derrière son dos.

— Et pourtant, je suis là.

Il plongea ses yeux dans les siens.

— Malgré ton uniforme et tes mains abîmées, tu ne peux cacher ta noblesse. C'est un véritable exploit.

— Tu as eu ton moment de gloire, Vidal, répliqua-t-elle, sur la défensive. Maintenant, il faut vraiment que je parte.

Elle fit volte-face pour sortir mais, au moment où elle atteignait la porte, la voix basse de Vidal s'éleva dans son dos :

— Attends.

Elle se retourna à contrecœur. Il était partiellement caché dans l'ombre mais elle ne put réprimer un frisson, comme si elle présageait que quelque chose d'important était sur le point d'arriver.

— J'ai une proposition à te faire qui pourrait régler tes problèmes à court et à long terme.

— Que veux-tu dire ? murmura-t-elle en fronçant les sourcils.

Vidal s'avança dans la lumière et elle put enfin distinguer les traits de son visage. Mais son expression restait indéchiffrable.

— Je t'ai expliqué quelles étaient les dernières volontés de mon père, n'est-ce pas ?

— En effet.

— Eh bien, j'avais beau l'adorer, je ne suis pas assez sentimental pour dépenser une fortune à restaurer un château qui ne m'apportera rien en retour. Mais j'ai conçu un plan qui lui permettra de devenir rentable, voire d'engranger des bénéfices dans les années à venir.

— Comment ça ? demanda-t-elle, piquée malgré elle par la curiosité.

— En le transformant en hôtel de luxe et en espace d'accueil pour des événements exceptionnels. Les jardins à eux seuls, une fois remis en état, seraient une énorme attraction. Le lieu se situe à une distance idéale de Madrid.

Eva ouvrit de grands yeux. Jamais elle n'aurait imaginé un tel destin pour le *castillo*.

— Cela ne te dérangerait pas ? ajouta-t-il. La plupart des gens sont attachés à leur maison de famille.

Elle se raidit. Elle n'était pas comme la plupart des gens.

— Je me fiche de ce que deviendra cet endroit. Je veux juste qu'il disparaisse de ma vie.

— En revanche, il y a une condition.

— Laquelle ?

— Si tu m'accordes une faveur, j'achète le domaine, j'en fais une entreprise rentable et je règle l'ensemble de tes dettes. Je t'offre même une participation dans l'affaire.

Eva mit du temps à intégrer ces informations. Elle s'était attendue à ce que des dettes importantes subsistent après la vente. Or celles-ci allaient disparaître. Et Vidal lui offrait même l'occasion de s'enrichir.

Puis elle se rappela ce qu'il avait dit et une lueur de méfiance brilla dans ses yeux.

— Quelle faveur ?

Il croisa les bras et lui lança un regard impavide.

— Je veux que tu t'engages publiquement avec moi.

Vidal regarda attentivement Eva. La voir ainsi dans son uniforme de femme de chambre l'avait profondément troublé. Il avait sous-estimé sa pauvreté et, pourtant, pas un seul instant elle ne s'était départie de sa hauteur.

Comme si c'était lui qui lui rendait service en se rendant disponible pour qu'elle fasse sa chambre.

À présent, la jeune femme semblait abasourdie et confuse.

— Quel type d'engagement ? murmura-t-elle.

— Des fiançailles officielles.

Eva blêmit et resta silencieuse.

— Tu veux… m'épouser ? demanda-t-elle, l'air choqué.

— Plutôt mourir. Tu es la dernière femme avec qui j'aimerais me marier.

Le visage d'Eva retrouva un peu de couleurs et, paradoxalement, cela le réconforta.

— Pourquoi des fiançailles dans ce cas ?

— J'ai cultivé une réputation quelque peu… obscure, ces dernières années, et cela affecte mes affaires. J'ai besoin d'avoir l'air plus rangé.

— Pour quelle raison ?

— J'ai repéré des investisseurs pour un nouveau projet mais ces derniers sont conservateurs. Il me faut gagner leur confiance et, pour cela, mon statut est très important.

— Et en quoi diable puis-je t'être utile ?

— Tu ajouterais une note… d'authenticité à ma réputation.

L'insaisissable Eva Flores. Descendante de l'une des plus anciennes et nobles lignées d'Espagne.

Eva ne parvenait toujours pas à comprendre où Vidal voulait en venir.

— Pourquoi voudrais-tu faire cela avec moi ?

— Comme je l'ai dit, le simple fait de ta naissance te procure un statut que je ne pourrais jamais espérer atteindre. Mais par association…

— Es-tu certain de vouloir t'unir à quelqu'un qui est tombé en disgrâce ? s'exclama-t-elle sans parvenir à cacher la fragilité de sa voix.

— Tu n'as pas été sur le devant de la scène récemment. Tu n'as rien à cacher.

— Qu'en est-il de mes parents ? Quand mon père nous a abandonnées, ça a fait scandale.

— Ils n'ont jamais divorcé, donc tout ce qu'on a pu dire n'était que de simples ragots.

De simples ragots. Mais le jugement de ses pairs avait blessé sa mère plus que tout. L'ostracisme social l'avait anéantie. Un divorce aurait été préférable, mais son père s'y était opposé par refus de devoir leur céder le moindre centime.

Mais tout cela ne semblait pas déranger Vidal. Pour lui, elle avait encore de la valeur. Du moins son nom.

Elle sentit son souffle s'accélérer. L'idée d'être liée à cet homme était à la fois terrifiante et exaltante. Suffisamment pour qu'elle lui résiste.

— Le *castillo* finira bien par se vendre tôt ou tard.

— Il n'y a pas eu d'offre depuis un an. Tu es prête à patienter un an de plus ?

Elle eut la nausée rien que d'y penser.

— S'il le faut.

Vidal secoua la tête.

— Même maintenant, alors que tu n'as plus rien, ta fierté

t'empêche de te montrer avec quelqu'un que tu considères comme inférieur. Eh bien, ta mère serait fière de toi.

C'était plus prudent de lui laisser croire cela. Mais la curiosité d'Eva était aiguisée.

— Combien de temps durerait cette mascarade ?

Il haussa les épaules.

— Un mois. Peut-être deux. Le temps de sécuriser mon investissement.

Le ton désinvolte de sa réponse l'incita à poursuivre.

— Cela ne va pas paraître suspect que tes fiançailles durent si peu de temps ?

— Une fois mon contrat signé, je me moque totalement de l'opinion des gens.

— Tu n'étais pas aussi cynique avant…

— La vie m'a rendu cynique, répliqua-t-il, l'air tendu. Et certaines personnes en particulier.

Le cœur d'Eva fit un bond dans sa poitrine.

— Tu parles de moi ?

— Disons que tu as été une bonne introduction.

Ses propos lui firent de la peine malgré elle. L'ironie, c'était que, même si la vie l'avait rendue cynique elle aussi, elle ne désirait pas l'être. Pourtant, c'était ancré en elle, et Eva ignorait si elle aurait un jour le courage de s'en libérer en exposant sa vulnérabilité. En attendant, il était clair que Vidal cherchait purement et simplement à se venger.

Elle croisa les bras sur sa poitrine.

— N'est-ce pas un peu pathétique ? Accomplir le rêve de ton père en acquérant la propriété où vous travailliez tous les deux, puis parader en me tenant à ton bras comme une sorte de trophée ?

— Pas plus pathétique que ton rêve d'adolescente de me séduire.

Eva rougit violemment.

— Je m'ennuyais.

— Tu avais envie de moi et c'est toujours le cas.

« C'est toujours le cas. »

Elle crut défaillir.

— Ne sois pas ridicule, souffla-t-elle, terrifiée à l'idée qu'il devine que c'était la pure vérité. Je n'ai pas le temps pour ça. Il faut que je retourne à mon travail.

— Réfléchis à mon offre. Je suis là encore jusqu'à midi demain. J'espère que tu auras compris d'ici là que ce que je te propose est ta seule option.

Alors qu'Eva allait sortir, la voix de Vidal s'éleva dans son dos.

— Tu n'oublies rien ?

Elle jeta un œil par-dessus son épaule. Avec un sourire en coin, il désignait du doigt les affaires de ménage qu'elle avait laissées sur la table. Son air moqueur la rendit folle.

— Tu n'auras qu'à préparer ta chambre tout seul !

Et sur ces mots, elle claqua la porte, le cœur battant si fort qu'elle crut qu'il allait exploser.

Un mot de Vidal et elle était renvoyée, elle le savait. Qu'importe. Cet homme avait toujours réussi à l'atteindre. Dès l'instant où leurs regards s'étaient croisés, elle avait eu l'impression qu'il pouvait lire au plus profond d'elle-même. Là où elle enfermait ses secrets les plus intimes, de peur que sa mère ne les piétine.

Et même si elle ne pouvait s'en prendre qu'à elle-même pour s'être comportée comme elle l'avait fait avec lui, elle avait toujours été blessée par le jugement qu'il portait sur elle. Comme si elle avait espéré qu'il pourrait distinguer, à travers son armure, la personne qu'elle était vraiment. Une jeune fille solitaire et confuse, emplie de désirs qu'elle ne comprenait pas complètement.

Eva saisit son chariot et le poussa dans le couloir. Pas question d'accepter la proposition de Vidal. Jamais elle ne supporterait d'être si près de lui, même pour un mois. Il faisait naître en elle trop d'émotions et de sentiments contradictoires, ainsi que des souvenirs qu'elle voulait oublier.

Elle avait besoin de fuir son passé. Pas de s'y replonger.

3.

Eva ne trouva pas le sommeil cette nuit-là. Malgré tout ce qu'elle s'était dit, elle ne parvenait pas à combattre l'assaut de ses souvenirs. S'était-elle vraiment comportée de façon si horrible pour que Vidal nourrisse une telle antipathie à son égard ? Au point de n'avoir aucun scrupule à l'utiliser pour améliorer son image sociale.

Oui, résonna une petite voix dans sa tête.

Elle se rappela ses innombrables brimades. Certaines innocentes, d'autres moins.

Comme ce jour où, alors qu'il révisait ses examens pour l'université, il s'était allongé dehors en maillot de bain. Sur ordre de sa mère, Eva était venue le trouver au bord de la piscine.

« Maman dit que tu ne dois pas te tenir là comme un vagabond, avait-elle déclaré en s'efforçant de ne pas poser les yeux sur son corps parfait. Tu n'es pas chez toi, ici. »

Son cœur avait bondi dans sa poitrine quand Vidal s'était lentement tourné pour lui faire face. Elle l'avait fixé sans un mot en tremblant légèrement.

« Et toi, qu'en penses-tu, Eva ? »

L'entendre prononcer son nom était follement excitant pour la jeune fille de dix-sept ans qu'elle était.

« Tu dois bien avoir ta propre idée sur la question, non ? » avait-il ajouté.

Eva avait rougi, mal à l'aise. Elle aurait adoré pouvoir se prélasser comme il le faisait. L'aisance de Vidal l'avait toujours fascinée. Elle s'était sentie piquée, comprenant qu'il faisait allusion à un sujet dérangeant : l'influence que sa mère avait sur elle.

« Au fait, où est ta mère ? avait-elle lancé. Elle vous a quittés ton père et toi parce que vous n'aviez rien à lui offrir ? »

Vidal s'était levé si rapidement qu'elle avait reculé d'un pas, effrayée. Il avait le teint livide. Jamais il ne lui avait paru si terrifiant.

« Ne parle plus jamais d'elle. »

Eva avait haussé les épaules pour tenter de cacher à quel point elle était intimidée par sa réaction.

« Mon père aussi est parti… ce n'est pas si grave que ça.

— Ma mère ne nous a pas quittés. Elle est morte. »

Et sur ces mots, Vidal avait rassemblé ses affaires et était parti. Après cette scène, plus jamais Eva ne l'avait surpris à réviser dehors.

Elle tapota son oreiller pour tenter de calmer ses pensées. Mais quand elle finit par s'endormir quelques instants plus tard, ses rêves ne furent pas moins troublants que ses souvenirs. Et lorsqu'elle s'éveilla le matin suivant, les traces persistantes de son cauchemar lui firent comprendre que replonger dans le passé était peut-être sa seule option. L'unique moyen de recouvrer sa liberté.

Vidal regarda l'aube se lever sur Madrid, baignant la ville d'un halo rose et or. Il pensa à ses parents bien-aimés qui étaient morts prématurément sans avoir pu profiter de sa réussite et le chagrin lui serra la poitrine.

Il imaginait souvent la maison qu'il leur aurait offerte, après leur vie de labeur. Sa mère était couturière, et l'un des premiers souvenirs de Vidal était le bruit si particulier de sa machine à coudre qui ronronnait nuit et jour.

Un son apaisant qui s'était arrêté brusquement quand elle était morte et que tout avait changé.

Son père avait cherché un meilleur emploi après avoir

promis à son épouse de veiller à ce que Vidal puisse aller dans une école prestigieuse, car elle avait déjà deviné le talent prodigieux de son fils.

Ses parents avaient partagé un amour et une dévotion rares qui l'avaient inclus dès sa naissance. Un amour assez grand pour surmonter la déception de ne pouvoir avoir d'autre enfant après lui.

L'expérience de cet amour avait donné à Vidal l'ambition de reproduire ce schéma auprès d'une personne aussi bonne et généreuse que sa mère l'avait été.

Mais au fil des ans, Vidal était devenu cynique. Le monde dans lequel il évoluait était impitoyable, et il avait compris à quel point il s'était montré naïf et idéaliste. Une telle femme n'existait pas. Pourtant, il s'accrochait malgré tout à cet espoir.

Alors pourquoi cours-tu après Eva Flores ? murmura une voix dans sa tête.

Il serra les dents.

Quand il l'avait rencontrée la première fois, il avait ressenti une affinité avec elle. Tous deux avaient perdu un parent et étaient enfants uniques. Il avait pensé qu'ils pourraient devenir amis. Mais à chaque fois qu'il avait tendu la main vers elle, Eva avait tenu à lui rappeler qu'il n'était pas son égal.

Même quand il avait commencé à briller dans le milieu des nouvelles technologies, la jeune femme n'avait pas été impressionnée. Le plus exaspérant c'est que, alors qu'il n'avait nul besoin de revenir au *castillo* pour aider son père durant les vacances, il avait continué à le faire. Pour la voir. Inlassablement fasciné. Malgré lui. Curieux à chaque fois de voir si elle était restée la même.

Et elle ne changeait pas. Elle était seulement plus belle et plus hautaine. Comme si la maturité ne faisait qu'accentuer ces traits. Et au fil des ans, toute la pitié qu'il avait pu avoir pour Eva s'était érodée jusqu'à disparaître. Elle était née d'un héritage et d'une société dont il ne voulait rien savoir. C'était inscrit dans son ADN.

Pourtant, maintenant, elle nettoie des chambres dans un hôtel.

Vidal soupira.

C'est seulement par fierté. Pour qu'on ne la voie pas si démunie en public.

Sans doute prévoyait-elle, une fois le domaine vendu, de réintégrer le beau monde.

Il lui offrait une occasion rapide d'y parvenir. Pourquoi refuserait-elle ? Parce que c'était *lui*. Un moins-que-rien. Et même s'il était riche à milliards à présent, il demeurait méprisable à ses yeux.

Le fait qu'il la désire encore lui était insupportable. Le pire, c'est qu'il craignait que cette faim ne disparaisse pas une fois qu'il l'aurait eue.

Tu veux la séduire, susurra la petite voix.

Non. Il était plus fort que ça.

Mais avant qu'il ne puisse l'empêcher, un fantasme plus vivant que nature s'imposa dans son esprit. Celui de faire fondre entre ses mains la glace qui entourait Eva pour révéler une femme de chair et de sang, chaude et sensuelle.

C'est ce qu'il voulait par-dessus tout. Plus qu'il n'avait besoin d'elle pour l'aider à sécuriser un quelconque investissement. Et cette révélation suffit à le refroidir. Elle le tenait toujours dans le creux de sa main. Elle se moquait de lui sans même avoir besoin de prononcer un mot.

Tant qu'elle existerait dans ses fantasmes, il ne pourrait passer à autre chose. Il voulait davantage que cela. Une vraie connexion. De l'amour. Et Eva Flores était l'antithèse de tout cela.

Venir ici, assouvir sa curiosité, avait été une faiblesse. Une erreur. Eva était parvenue à se loger à nouveau profondément dans son esprit. Comme une épine empoisonnée. Il était temps pour lui d'abandonner cette fascination. L'emprise qu'elle avait sur lui n'était qu'illusoire. Il n'était pas habitué à ce qu'une femme qu'il désire lui résiste. C'est tout. Il avait perdu assez de temps avec elle.

C'était terminé.

— J'ai bien peur que M. Suarez n'ait quitté l'hôtel.

— Mais il n'est que 10 heures du matin !

Un vent de panique s'empara d'Eva. Elle ne s'était pas préparée à cette éventualité.

— Il m'a dit qu'il serait là jusqu'à midi, insista-t-elle.

Le concierge, qui était nouveau et n'avait pas reconnu en Eva un membre du personnel, eut l'air navré.

— Il est parti à l'aube. Je suis désolé. Je ne peux vous donner plus d'informations.

Elle recula, consciente qu'il y avait du monde derrière elle, et se réfugia dans un coin du hall pour tenter de recouvrer ses esprits. Elle entendit alors deux femmes qui chuchotaient à voix basse.

— Tu as vu ? Je suis sûre que c'était Eva Flores.

— Impossible. Elle a disparu depuis des années. C'est un vrai fantôme. Tu sais qu'on la surnommait « la fille dans la bulle » parce qu'elle n'avait le droit de sortir de son *castillo* que trois fois par an…

— Brrr ! Ce lieu est terrifiant. On le croirait hanté. Elle ne le vendra jamais, c'est certain. Elle y vieillira comme sa mère, toute seule. Et elle deviendra folle.

Eva cessa de respirer. C'est comme si son cauchemar de la nuit précédente se réalisait. Vieillir seule, dans le *castillo*. Amère, comme sa mère. *Piégée.*

En se réveillant un peu plus tôt, elle n'était pas arrivée à se débarrasser de ce sentiment horrible. À tel point qu'elle avait décidé d'abandonner toute prudence et d'accepter l'offre de Vidal.

Elle voulait vivre.

Alors, elle s'était rendue directement à l'hôtel, mais voilà qu'on lui annonçait qu'il était parti… Sans même l'attendre. Avait-il déjà renoncé à sa vengeance ?

Évitant soigneusement de croiser les commères, elle se faufila hors de l'hôtel et appela son avocat. Celui-ci lui confirma ce qu'elle craignait : M. Suarez avait renoncé à l'achat du *castillo*.

Eva crut défaillir tant elle se sentait mal. Mais elle savait qu'il n'y avait qu'une solution. Elle devait aller trouver Vidal et lui demander de reconsidérer sa décision. Il était le seul à pouvoir empêcher que son cauchemar ne se réalise.

Vidal se tenait au milieu d'une foule scintillante sur le toit de l'un des immeubles les plus luxueux de Londres. La ville s'étalait devant lui tel un tapis de lumières, ses buildings perçant le ciel crépusculaire.

Il était sans conteste l'une des personnes les plus importantes de la soirée. Pourtant, même s'il était beaucoup plus à l'aise à présent dans cet environnement, il lui arrivait encore de se sentir un imposteur. Comment ne pas éprouver cela quand la plupart de ceux qui vous entourent sont nés dans le privilège et l'envisagent comme leur dû ? Il était accepté mais certains le traitaient encore avec méfiance.

Des gens comme Eva.

Il serra les dents. Il n'était pas parvenu à la chasser de son esprit pendant la semaine qui avait suivi son retour d'Espagne. Il se sentait ridiculement coupable de l'avoir abandonnée à son sort, alors qu'il ne lui devait rien.

Il finit par répondre au bavardage incessant d'une femme qui essayait désespérément d'attirer son attention et fit semblant de lui montrer un minimum d'intérêt.

Soudain, un mouvement au coin de son champ de vision lui fit tourner la tête à gauche et il crut à une hallucination. Eva Flores se trouvait à quelques mètres de lui. Elle se détachait naturellement de la foule avec sa silhouette élancée moulée dans une robe portefeuille rose sombre, ses cheveux sagement tirés en arrière et son maquillage discret. Elle n'avait jamais eu besoin de maquillage. Son allure suffisait à attirer l'attention et à fasciner quiconque posait son regard sur elle.

— Qui est-ce ? entendit-il à côté de lui.

L'espace d'une seconde, Vidal crut que son imagination lui jouait des tours et il cligna des yeux, incrédule. Mais non, c'était elle, sans équivoque. Et tandis que cette pensée s'ancrait dans son esprit, un sentiment d'intense satisfaction naquit lentement au creux de son ventre, mêlé à autre chose qu'il refusait d'admettre : un soulagement.

Plus personne n'existait. Ses yeux étaient fixés sur Eva. Elle levait le menton de façon provocante, comme pour lui rappeler qu'elle était toujours mieux que lui. Mais en réalité, elle était là parce qu'elle avait besoin de lui. Parce qu'il n'était pas le seul à avoir des faiblesses.

Vidal l'avait vue. Dès qu'Eva était entrée, il avait levé la tête comme s'il avait flairé une proie et il avait mis moins d'une seconde à la remarquer. Son cœur battit la chamade. Elle n'avait plus le choix.

Prenant son courage à deux mains, elle s'avança dans sa direction tandis qu'il la fixait sans ciller. Il portait un costume sombre avec une chemise blanche déboutonnée au col. Sans cravate. Elle imagina à quel point il serait époustouflant dans un smoking.

Elle s'immobilisa devant lui et eut vaguement conscience qu'une femme qui se trouvait à ses côtés émettait un soupir avant de s'éloigner.

Vidal prit la parole en premier.

— Sympa de te croiser ici.

Eva sentit qu'elle rougissait. Vidal la toisait avec une satisfaction évidente. Elle refoula son irritation, consciente qu'elle n'avait guère le choix. L'ombre de son cauchemar planait toujours sur elle, une semaine après.

— Je me suis rendue à l'hôtel le matin qui a suivi notre

rencontre mais tu n'as même pas attendu ma réponse, dit-elle en essayant de paraître le moins désagréable possible.

— Non, parce que j'ai compris que j'avais perdu trop de temps à Madrid.

Elle chassa la pointe de panique qui l'avait gagnée à l'idée qu'il soit peut-être trop tard et prit une grande inspiration.

— Je voulais te parler.

— Eh bien je suis là.

Eva regarda autour d'elle et devina que les gens qui les entouraient ne perdaient pas une miette de leur conversation.

— Pourrions-nous aller dans un endroit un peu plus… intime ?

— Si tu ne voulais pas être vue avec moi en public, il ne fallait pas venir ici.

Elle fronça les sourcils.

— Je… Ce n'est pas ça. C'est juste que ce que j'ai à te dire est trop personnel pour que tout le monde nous entende.

Un serveur passa près d'eux avec un plateau couvert de coupes de champagne et Vidal en saisit deux au passage.

— Détends-toi un peu, fit-il en en offrant une à Eva. Tu as l'air stressée.

Il n'avait pas tort. Elle détestait être vue en public depuis cette horrible soirée à Madrid quand elle avait dix-huit ans.

D'ailleurs, en arrivant, elle avait soupiré de soulagement en constatant que la robe qu'elle avait louée dans un magasin chic de Londres était parfaitement à la mode.

— Regarde, c'est simple. Tu portes le verre à ta bouche et tu en avales une gorgée, comme ça…

Eva reporta son attention sur Vidal. Son regard suivit le mouvement de sa gorge pendant qu'il buvait. De petites flammes parurent se mettre à danser sur sa peau et tout son corps frémit de désir.

C'était de la folie. Comment espérer avoir une conversation normale avec l'effet que cet homme produisait sur elle ?

Elle but à son tour une gorgée et le champagne pétilla dans sa bouche, comme pour se moquer d'elle et de sa nervosité.

Les événements mondains comme celui-ci avaient toujours eu le don de la mettre mal à l'aise. Elle n'avait pas l'habitude d'interagir avec du monde. Les commères de l'hôtel avaient raison. Elle avait grandi dans une bulle.

— Quand es-tu arrivée ?

— Ce matin.

— Et tu loges où ?

— Euh… dans un hôtel près de Piccadilly.

Hors de question de lui avouer qu'elle dormait dans un gîte bon marché près de la gare et qu'elle avait réservé un vol charter dès le lendemain matin pour rentrer à Madrid.

Elle chercha quelque chose à dire pour éviter qu'il ne lui pose d'autres questions.

— Tu as l'air dans ton élément ici.

Vidal leva un sourcil, l'air amusé.

— Un compliment d'Eva Flores ? Quel privilège !

Elle se maudit intérieurement.

— Je veux dire que tu… t'intègres bien. Tu as vraiment réussi…

Toute trace d'humour sembla quitter le visage de Vidal qui lui lança un regard glacial.

— Tu veux dire pour un gamin sans le sou issu de parents ouvriers ?

Elle soutint son regard, le cœur battant.

— Et alors ? C'est la vérité, n'est-ce pas ? Il y a de quoi être fier. Ce que tu as accompli est incroyable.

Oui, c'est vrai. Alors pourquoi la remarque d'Eva l'irritait-elle autant ? Pourquoi était-il si tendu ?

Peut-être parce que l'image de ses parents épuisés et de leurs mains abîmées par l'effort s'était imposée dans son esprit.

Soudain, Vidal eut plus que jamais le sentiment d'être un imposteur. Comme si voir Eva avait suffi à le lui rappeler.

Il détestait le fait qu'elle puisse le pousser à bout si facilement. Qu'elle ait ce pouvoir sans même avoir besoin de prononcer un mot. Simplement par ce qu'elle était.

Il s'était trompé en pensant qu'elle pourrait améliorer sa

réputation ou son statut social. Et sa présence ici l'aidait à s'en souvenir.

Pourtant, quand il prit la parole pour lui signaler qu'elle n'était plus la bienvenue à cette soirée, d'autres mots sortirent de sa bouche.

— Très bien. Allons dans un endroit plus privé.

De qui se moquait-il ? Son esprit avait beau être clair sur le fait qu'il voulait s'éloigner d'Eva Flores, son corps n'était pas d'accord et, visiblement, c'est ce dernier qui avait pris le contrôle.

Eva leva les yeux vers lui.

— Tu n'es pas obligé de partir maintenant. Ça ne me dérange pas d'attendre.

Ils se trouvaient devant l'ascenseur. Elle essayait désespérément de garder son calme mais c'était difficile, avec la main de Vidal qui reposait sur son coude. Le contact de sa peau contre la sienne…

Les portes s'ouvrirent et, quand ils entrèrent, le groom les salua avant de presser le bouton du rez-de-chaussée. L'espace était si étroit qu'Eva frémit en sentant la présence de Vidal contre elle. Son parfum viril enivrait ses sens.

Elle voulut dégager son bras et il prit son temps avant de la lâcher, ses doigts l'effleurant lentement au passage. Elle ne put retenir un soupir et détourna le regard. Heureusement, ils atteignirent bientôt le hall et elle parvint à respirer librement à nouveau.

Les activités mondaines de Vidal étaient largement relayées dans la presse et Eva n'avait pas eu de mal à savoir qu'il serait présent à cette soirée. Elle avait préféré le surprendre là plutôt qu'à son bureau où elle aurait risqué d'essuyer un refus qui l'aurait anéantie. Jusque-là, tout se passait bien…

Une berline élégante aux vitres teintées les attendait à l'extérieur du bâtiment. Son chauffeur en sortit et ouvrit la porte arrière.

— Je t'en prie, dit Vidal en tendant le bras vers Eva.

Elle resta immobile.

— Où allons-nous ?

— Chez moi. Ce n'est pas loin d'ici.

Troublée, elle s'avança et prit place à l'arrière de la voiture. Le chauffeur ferma la porte et Vidal vint s'installer de l'autre côté de la banquette.

La berline s'engagea dans le trafic londonien. Ils n'échangèrent pas un mot durant le court trajet, et très vite, ils firent halte devant un grand immeuble à l'allure élégante.

Un concierge salua Vidal et ils pénétrèrent dans un autre ascenseur. Eva sentit son cœur battre à tout rompre tandis que ce dernier s'élevait doucement vers le ciel. Les portes s'ouvrirent directement dans l'appartement de Vidal. Elle retint son souffle. Contrairement à ce qu'il devait penser, Eva n'avait jamais rien vu de tel.

Les vastes volumes étaient éclairés par de grandes baies vitrées qui offraient une vue panoramique sur Londres. Les murs étaient ornés d'immenses tableaux, et des canapés et des fauteuils confortables étaient disséminés avec art dans l'espace, autour de tables basses. Disposées savamment à travers la pièce principale, des lampes d'appoint diffusaient une lumière chaleureuse. On était bien loin de l'appartement au confort spartiate que Vidal et son père avaient partagé au *castillo*.

Stupéfaite, Eva resta figée près des portes de l'ascenseur, qui se refermèrent dans son dos avec un bruit feutré.

Vidal enleva sa veste, qu'il déposa sur le dossier d'une chaise, puis il se dirigea vers le bar.

— Je peux t'offrir un verre ? lança-t-il par-dessus son épaule.

Eva était tendue. Peut-être que cela l'apaiserait. Elle avait à peine touché à sa coupe de champagne durant la fête.

— Je prendrais avec plaisir un peu de vin blanc.

Il se servit un whisky et revint vers elle en lui tendant un verre à pied empli d'un liquide ambré parfaitement frais.

Elle en but une gorgée avant que Vidal ne lève son verre dans sa direction en lui jetant un regard moqueur.

— Santé…

C'est vrai, elle aurait pu avoir l'élégance de l'attendre…

— Santé, répondit-elle, les joues rouges de honte.

— Je t'en prie, mets-toi à l'aise, reprit Vidal en l'invitant d'un signe de la main à prendre place là où elle le souhaitait.

Ne sachant quel fauteuil choisir, Eva se dirigea vers les larges fenêtres et elle contempla la vue. Le ciel était clair et des milliers de petites lumières scintillaient devant elle.

Elle sentait le regard de Vidal dans son dos. Sans doute attendait-il qu'elle implore sa pitié. Sa charité.

N'y tenant plus, elle se retourna.

— Écoute, Vidal, il est évident que tu as changé d'avis au sujet du *castillo* et de nos…

Elle s'interrompit, n'osant pas poursuivre.

— Nos fausses fiançailles ?

— Pourquoi as-tu renoncé ? s'exclama-t-elle d'un ton qu'elle espérait le moins désespéré possible.

Il s'approcha d'elle, son verre à la main.

— J'ai eu un moment de faiblesse en cherchant à te revoir. Je voulais savoir ce que tu étais devenue. Si tu avais changé.

Il plongea ses yeux dans les siens avant de poursuivre.

— Tu as toujours eu le don de me pousser à bout, Eva.

Elle ne put réprimer un frisson.

— J'étais jeune, alors…

Il détourna le regard et contempla la ville en contrebas.

— Pourtant, tu as su très tôt comment prendre les gens de haut.

Eva soupira. Comment formuler ce qu'elle-même venait à peine de comprendre au cours de l'année écoulée : à quel point sa mère avait exercé une influence maléfique sur sa vie ?

Elle opta pour une autre approche.

— Tu voulais respecter les dernières volontés de ton père…

— J'ai aussi précisé que je n'étais pas sentimental. Mon

père divaguait à la fin sous l'effet de la morphine. Un jour, il a cru voir ma mère dans la pièce.

À court d'arguments, Eva laissa son regard errer sur la ville.

— Il avait de la peine pour moi, tu sais ?

— Je sais.

— Il me disait qu'il existait un monde en dehors du *castillo* et que je devais sortir l'explorer. Et trouver ma propre voie.

— Alors pourquoi ne l'as-tu pas fait ?

— Ce n'était pas si facile. Ma mère est tombée malade et j'ai dû m'occuper d'elle.

— Et après avoir perdu tout ce temps précieux, tu t'aperçois maintenant qu'il est possible que personne ne soit intéressé par une héritière déchue qui ne possède rien d'autre qu'un tas de pierres à son nom, c'est ça ?

— Tu as tout compris, répliqua-t-elle en se forçant à sourire.

Eva frissonna malgré elle. Leur conversation ne menait nulle part et elle était terrifiée à l'idée que Vidal devine son trouble. Cet effet qu'il avait sur elle et qu'elle avait le plus grand mal à cacher.

Elle posa son verre de vin sur une table basse. Elle n'avait même pas enlevé sa veste en entrant.

— Il vaut mieux que nous arrêtions de perdre notre temps. Tu devrais retourner à ta soirée, Vidal.

Son visage était partiellement caché dans l'ombre mais elle savait qu'il la fixait et elle sentit imperceptiblement qu'il se livrait à une sorte de combat intérieur.

Peu importe, elle irait chercher le salut ailleurs.

— C'était bon de te revoir. Je suis heureuse de voir que tu te portes si bien.

— L'es-tu vraiment, Eva ? Heureuse ? Parce que tu n'en as pas l'air.

Elle manqua de vaciller. Sa gorge se noua. *Dios.*

— Je vais parfaitement bien, Vidal. C'est gentil de t'en préoccuper. Maintenant, je vais y aller.

Elle se retourna et fit un pas en direction de la porte d'entrée, qui lui sembla terriblement loin.

— Tu retournes travailler à l'hôtel, demain ? entendit-elle dans son dos.

Elle fit volte-face et le fixa, le visage blême.

— Tu comptes me martyriser jusqu'au bout, Vidal ? Ça ne te suffit pas de m'avoir fait miroiter la solution à tous mes problèmes et de me l'avoir enlevée au dernier moment ? Je crois que c'est clair : tu as vécu l'enfer à cause de moi au *castillo* et, à présent, tu cherches à te venger.

Vidal s'avança vers elle et entra dans un halo de lumière. Il posa à son tour son verre et secoua la tête.

— Au fond, ce n'était pas un enfer. Mon père aimait travailler là et ça me plaisait de venir l'aider. Ça devenait juste infernal quand nous devions affronter ta mère – ou quand tu décidais de me soumettre à tes petites tortures.

Le cœur d'Eva fit un bond.

— Torture ? Le mot est un peu fort, tout de même…

— C'est comme ça que je le vivais. Me sentir si proche de toi et comprendre que tout ce qui te concernait m'était formellement interdit. Ton âge, ton inexpérience, ton statut social… Tout te plaçait hors de ma portée. Et pourtant, cela ne t'empêchait pas de t'exhiber devant moi à la moindre occasion pour me rendre fou.

Eva était sur la défensive. De quoi parlait-il ? Elle ne savait pas ce qu'elle faisait. Elle n'avait aucune idée de l'effet qu'elle produisait sur Vidal. Elle ne connaissait que celui qu'il avait sur elle…

— Je pourrais dire la même chose de toi, lança-t-elle d'un ton accusateur.

— De quoi parles-tu ? fit-il en fronçant les sourcils.

Elle se maudit intérieurement d'avoir lancé ce sujet. Mais il était trop tard pour faire marche arrière.

— Tes bains de minuit tout nu… Tu savais où était ma chambre. Tu savais que je pourrais te voir…

Un souvenir vivace jaillit dans son esprit avant qu'elle ne puisse le chasser. La vision de Vidal, tard un soir de pleine lune, se hissant hors de la piscine d'un geste gracieux. Elle se rappela l'eau qui ruisselait le long de ses muscles parfaitement sculptés. Son dos large, sa taille étroite, ses fesses fermes et bien dessinées. Puis il s'était retourné, comme s'il était conscient d'être observé. Et le regard d'Eva s'était posé sur la toison sombre entre ses jambes où, même après une baignade dans l'eau froide, son sexe était impressionnant.

Vidal lui avait fait penser à une statue grecque. L'incarnation de la perfection physique. Il avait levé les yeux dans sa direction et leurs regards s'étaient croisés. Eva avait reculé si rapidement qu'elle avait trébuché et était tombée dans sa chambre. Le cœur fou et rouge de honte. Car elle savait qu'il l'avait surprise en train de l'espionner.

— Au cas où tu l'aurais oublié, je te signale que c'étaient les seuls moments où je pouvais me baigner. Ta mère interdisait l'accès à la piscine à tous les employés alors qu'elle-même ne mettait jamais un pied dans l'eau, contrairement à toi.

Il avait raison. Ces baignades l'aidaient à apaiser le tumulte de ses émotions adolescentes. Elles avaient aussi pour but de provoquer une réaction chez Vidal, en réponse à ce désir confus qui la submergeait et dont elle ne savait que faire.

Au fond, elle le comprenait à présent, elle ne s'était sentie vivante au *castillo* que lorsque Vidal s'y trouvait.

Elle avait dû paraître si gauche, si maladroite… À l'époque, il était déjà un homme d'affaires à succès, et Eva était persuadée d'être aussi sophistiquée et séduisante que les femmes qu'il fréquentait en Amérique. Alors qu'en réalité elle n'avait jamais ne serait-ce qu'embrassé un garçon ! C'est ce qui l'avait conduite à faire ce geste audacieux, le jour de son dix-huitième anniversaire. Un geste qui s'était soldé par une humiliation et un désastre.

Comme Vidal se moquerait d'elle s'il savait que rien n'avait changé pour Eva depuis ce jour-là. Qu'elle était toujours aussi innocente. Pourtant, il semblait croire que jusqu'à la mort de sa mère elle avait mené la grande vie.

Elle leva le menton vers lui.

— On peut continuer à tourner en rond, Vidal, mais au final, on ne va nulle part.

— Tu sais ce que ça me fait ?

— Quoi ?

— Quand tu lèves le menton comme ça, sans même t'en rendre compte.

— Ça te fait quoi ?

— Ça me rend fou.

— Que veux-tu dire ?

— Tu prétends que tu ne le ressens pas, toi aussi ?

Le cœur d'Eva battait si fort qu'elle crut qu'il allait éclater.

— Je ne vois pas de quoi tu parles…

Il eut un rire bref et sec.

— Parce que je suis toujours le dernier homme que tu admettrais désirer, c'est ça ?

— C'était il y a si longtemps, souffla-t-elle, horrifiée qu'il fasse allusion à ce qui s'était passé et, surtout, qu'il s'en souvienne. Ce n'était rien… un moment stupide.

— Ce n'était pas stupide. C'était très sérieux. Je me rappelle encore comment tu tremblais contre moi.

— Arrête.

Son corps lui faisait mal tellement il était tendu. Non content de l'avoir torturée en lui proposant d'acheter le *castillo*, il voulait maintenant l'humilier. Une fois de plus.

— Tu sais pourquoi je m'en souviens ?

— Je m'en fiche.

— Parce que, depuis, je n'ai pas été capable de me sortir cet instant de la tête – ni les innombrables occasions où tu voulais que je te remarque. Mon problème, Eva, c'est que je te désire.

4.

Eva avait entendu les mots de Vidal mais ces derniers mirent du temps à arriver jusqu'à son cerveau. Ils l'avaient percutée de plein fouet. Elle peinait à respirer et son cœur battait à tout rompre dans sa poitrine. Une vague de chaleur naquit au creux de son ventre, là où elle cachait ses secrets les plus intimes et ses fragilités.

— Tu mens, murmura-t-elle d'une voix faible.

— Si, c'est la vérité, répondit Vidal. Et tu me désires, toi aussi.

Elle fut prise de vertige. Était-ce si évident ?

— Tu es le dernier homme sur terre dont j'aie envie, lâcha-t-elle, désespérée.

Il fit un pas vers elle et elle faillit trébucher, bouleversée par les émotions contradictoires qui la submergeaient.

— Tu me désires depuis la première fois où tu m'as vu.

Impossible de lui mentir. Pas quand il la regardait comme ça.

— C'était un béguin d'adolescente, rien de plus…

— Plutôt intense pour un béguin. Tu m'as embrassé. Et quand je ne t'ai pas rendu ton baiser en retour…

— Tu ne me désirais pas alors, coupa-t-elle, refusant qu'il lui rappelle ce qu'elle avait fait dans un accès de passion contrariée.

— Oh si, répliqua-t-il, le regard sombre. Mais tu n'étais pas prête.

— Et maintenant, je le suis ?

— Tu es une adulte, non ?

Il insinuait sans doute qu'elle avait de l'expérience avec les hommes. L'idée qu'il découvre qu'elle était toujours aussi naïve lui donnait la nausée.

— Bien sûr, répondit-elle d'un ton bravache. Mais qu'est-ce que cela a à voir avec… le reste ?

— J'ai décidé que mon offre demeurait valable. Je te propose de racheter le *castillo*, de le restaurer en te donnant une participation dans l'entreprise et de régler tes dettes.

— Et en échange ?

— Tu restes à mes côtés et tu affiches un air sincère quand j'annoncerai publiquement nos fiançailles.

— Nos fausses fiançailles.

— Évidemment. Je n'ai aucune intention de t'épouser.

Il avait dit cela avec une telle assurance qu'elle ne put s'empêcher de lui demander :

— As-tu l'intention de te marier un jour ?

— Absolument. Mais ce sera avec une femme que j'aime et que je respecte.

Eva fut blessée malgré elle par ses propos.

— Alors pourquoi te donner la peine de me garder auprès de toi ? rétorqua-t-elle d'un ton pincé.

— Parce que j'ai envie de toi. Et je sais que je n'arriverai à te sortir de mon esprit que lorsque je t'aurai eue.

« Lorsque je t'aurai eue. »

Quelque chose dans la crudité de sa phrase l'excita tout en l'horrifiant.

— Tu sous-entends que je dois coucher avec toi ?

— Je n'ai pas dit cela. Seulement que j'avais envie de toi. Je n'ai pas l'habitude de forcer les femmes à faire l'amour avec moi.

Eva hésita, en proie à une confusion totale.

— Mais alors… si je ne couche pas avec toi, notre accord tient toujours ?

— Oh ! mais tu vas coucher avec moi. Et tu le feras de ton plein gré.

— Tu es bien sûr de toi, répliqua-t-elle, le cœur battant.

Il haussa les épaules sans répondre. Ce n'était pas nécessaire. Le désir entre eux était évident. Cette vibration. Cette chaleur…

Elle devait à tout prix y résister.

Elle portait en elle depuis si longtemps la brûlure de cette frustration refoulée.

Quand elle avait essayé de l'embrasser, il l'avait humiliée. Exactement ce que sa mère avait prévu qu'il arriverait si elle se laissait aller à la moindre faiblesse.

Elle était plus âgée à présent et, bien qu'elle n'ait toujours aucune expérience, elle avait appris à se contenir.

Elle ne craignait pas qu'il la prenne de force. Il était bien trop fier pour cela. Cette fierté innée qu'elle-même n'avait jamais possédée, malgré l'insistance de sa mère.

Vidal baissa les yeux vers elle.

— Alors, Eva, que décides-tu ? Tu restes ou tu pars. Mais si tu pars, je te préviens, c'est la dernière fois que nous nous voyons.

Comme c'était ridicule de frémir à cette pensée ! De toute façon, même si elle acceptait, elle ne reverrait jamais Vidal une fois leur accord conclu. Il était clair qu'il se détestait d'avoir envie d'elle.

— Je… c'est d'accord, je reste, murmura-t-elle en ayant le sentiment de sauter dans le vide.

Suivit un moment de silence durant lequel Eva se demanda avec horreur si Vidal n'allait pas éclater de rire en lui annonçant que tout cela n'était qu'une plaisanterie.

Mais soudain, il parut se ressaisir.

— Voilà un stylo et du papier. Écris-moi le nom et l'adresse de ton hôtel. Je demanderai à mon chauffeur d'aller chercher tes affaires. Je vais te faire visiter les lieux et, ensuite, tu pourras te reposer. Nous discuterons de la suite demain matin.

Ne sachant que répondre, Eva se contenta de s'exécuter.

Il lui fit faire une brève visite de son gigantesque appartement qui disposait, outre le grand salon, d'une cuisine ultramoderne, d'une salle à manger, d'un salon plus petit décoré de canapés moelleux, d'une vaste bibliothèque et d'une salle de cinéma.

Puis, il la conduisit dans la chambre d'amis, une suite spacieuse comprenant un dressing, une salle de bains et un boudoir.

Vidal se tenait dans l'embrasure de la porte et elle eut le sentiment qu'un gouffre les séparait. Un gouffre qu'elle avait creusé dès le premier jour de leur rencontre, et qui avait été entretenu et contrôlé par sa mère.

Comme elle se détestait à présent d'avoir agi de la sorte.

Avant qu'elle puisse dire quoi que ce soit, il prit la parole.

— Tu connais la maison maintenant. Fais comme chez toi.

Puis il quitta la pièce en refermant la porte derrière lui.

Eva s'assit sur le bord du lit. Pour la première fois depuis des mois, elle se sentit profondément soulagée.

Si elle parvenait à résister à Vidal, si elle arrivait à supporter la pression face au monde extérieur en jouant à être sa fiancée, alors elle aurait la vie devant elle.

Et elle pourrait enfin se libérer du passé. Pour toujours.

Mais que diable es—tu en train de faire ?

Cette question résonnait dans la tête de Vidal tandis qu'il se tenait devant la fenêtre de son bureau, face à la ville. Son chauffeur venait de rentrer avec le bagage d'Eva. Une minuscule valise qui avait dû coûter très cher autrefois mais qui à présent tombait en morceaux.

Comme le *castillo.*

De plus, on l'avait informé que la jeune femme n'avait pas réservé un hôtel mais une auberge miteuse aux abords de la gare.

Et alors ? Eva était fière et n'avait pas voulu qu'il sache qu'elle n'avait pas les moyens de se payer un logement convenable, voilà tout. Il aurait dû s'en douter puisqu'elle travaillait comme femme de chambre à Madrid.

Il s'était convaincu qu'il ne voulait plus rien avoir à faire avec elle. Il avait pris la bonne décision en coupant les ponts et en l'abandonnant à son sort. Après tout, il ne lui devait rien. Pourtant, il n'avait pu s'empêcher de l'inviter chez lui. Parce que, en vérité, il était incapable de la laisser partir. Il avait espéré qu'avec le temps sa volonté et son désir s'affaibliraient, mais il avait suffi qu'il l'aperçoive à cette soirée, dans cette robe, pour que les jeux soient faits.

Curieusement, Eva ne s'était pas comportée comme il l'aurait imaginé dans son appartement. Elle avait eu l'air peu sûre d'elle et était allée se poster devant la fenêtre en contemplant la ville comme si elle n'avait jamais rien vu de tel auparavant. Ce qu'il pouvait être naïf. Bien sûr qu'elle connaissait déjà tout cela. Il se souvint des photos qu'il avait vues d'elle, à Londres, dans une robe très échancrée, entourée de femmes comme elle. Le champagne qui coulait à flots. Les hommes qui la regardaient.

Ce mode de vie n'avait pris fin que lorsqu'elle avait dû assumer la responsabilité du *castillo* à la mort de sa mère.

Eva se jouait encore de lui. Elle simulait l'admiration. Sans doute devait-elle bien s'amuser. Attendant qu'il la prenne de haut pour lui rappeler qui elle était.

Alors pourquoi cela l'irritait-il encore à ce point ? Cette fois, c'est lui qui contrôlait la situation et qui manipulait les événements à sa guise.

Il profiterait de sa présence à ses côtés pour se faire accepter professionnellement, comme il ne l'avait jamais été jusqu'à présent.

Autrefois, il avait fait les gros titres grâce à la façon dont il s'était hissé dans la haute société. Aujourd'hui, ces mêmes journaux spéculaient sur l'identité de ses parents et sur la manière dont il avait obtenu ses bourses. Personne n'était à l'abri des critiques.

À la mort de son père, noyé de chagrin, Vidal s'était perdu un temps dans les plaisirs éphémères, se forgeant une réputation de play-boy sans attaches. Les gens s'étaient mis à murmurer des choses à son sujet.

Et cela avait commencé à se répercuter sur ses affaires.

Il avait passé un temps fou à travailler et à se donner du mal pour être accepté mais, peu importe l'argent ou le succès, il devait prouver qu'il en était digne.

Eva, malgré l'état catastrophique de ses finances, demeurait une sorte de passeport pour accéder au monde des privilégiés.

Donc, non. Il n'avait pas fait une erreur en changeant d'avis. En se liant officiellement avec elle, il améliorerait sa réputation. Et si, de son côté, elle se servait de lui pour retourner dans son monde, quel était le problème ? Une fois qu'ils auraient obtenu tous deux ce qu'ils voulaient, elle pourrait sans peine se trouver un mari convenable parmi les familles les plus illustres d'Espagne.

Une image surgit sans préavis dans son esprit. Celle d'Eva, un enfant brun dans les bras, souriant et jouant avec lui. Il eut le sentiment d'avoir reçu un coup de poing dans le ventre. C'était un fantasme total car Eva n'avait pas la moindre fibre maternelle en elle. Comment le pourrait-elle alors qu'il ne l'avait jamais vue faire preuve d'une once de compassion ou de gentillesse ?

C'est simple, elle était la dernière femme sur cette planète dont il pourrait tomber amoureux. Elle incarnait tout ce qu'il ne voulait pas chez une épouse. Elle était froide, distante et hautaine.

En revanche, elle était la seule qu'il désirait en ce moment et ce désir le consumait comme un incendie. Jamais une femme ne l'avait obsédé ainsi. Quand il avait envie de l'une d'elles, il l'avait, puis il se lassait et passait à autre chose. Ce serait pareil avec elle.

Eva se réveilla avec la lumière du soleil. Elle s'était endormie en un clin d'œil la nuit dernière après avoir pris une longue douche chaude.

En sortant de la salle de bains, elle s'était aperçue que quelqu'un était entré pour déposer sa valise sur le lit. Était-ce

Vidal ? Son cœur avait battu la chamade en imaginant qu'il ait pu venir dans sa chambre tandis qu'elle prenait une douche…

Elle avait étonnamment bien dormi, compte tenu des circonstances.

Elle ne retournerait pas en Espagne tout de suite. Elle allait devoir appeler l'hôtel et donner sa démission. Ce ne serait pas un problème pour l'équipe qui ne manquait pas de personnel. Son expérience là-bas lui avait permis d'acquérir un grand respect pour ces travailleurs invisibles qui vont et viennent de l'aube au crépuscule pour s'occuper de gens comme elle, qui ne les aurait jamais remarqués auparavant.

Au fond, tout ce qu'elle avait vécu depuis la mort de sa mère lui avait ouvert les yeux sur la vie. Elle s'était rendu compte à quel point elle avait vécu dans une bulle hermétique… et solitaire.

Elle était d'abord allée dans une école privée jusqu'à l'âge de douze ans, où elle s'était fait quelques amis. Mais à partir du collège, sa mère avait décidé qu'elle suivrait des cours particuliers à domicile. Pour la garder à l'écart du monde et la protéger des mauvaises influences. Ou de *toute forme* d'influence.

Eva avait continué à fréquenter ses anciennes amies de temps en temps mais, peu à peu, elles avaient perdu contact. On ne lui proposait plus de se voir. Elle n'était plus invitée aux fêtes. Elle était devenue indésirable. Et sa vie s'était lentement refermée sur elle-même.

Jusqu'à ce que Vidal arrive avec son père et que l'univers d'Eva explose en sensations, en envies et en émotions qu'elle s'était efforcée de cacher. Et c'était le cas, aujourd'hui encore.

Elle se leva et s'habilla avec les seuls vêtements qu'elle avait apportés. Un jean, une chemise blanche et des baskets. Elle noua ses cheveux en un chignon bas et prit une grande inspiration avant de sortir de la chambre. Vidal s'était toujours levé aux aurores et il ne semblait pas avoir changé ses habitudes car elle le trouva assis dans la cuisine, devant une tasse de café.

Elle sursauta en voyant apparaître sur le seuil une femme d'âge mûr en uniforme. Cette dernière avait un regard chaleureux et tenait une cafetière fumante à la main.

— Je vous en sers une tasse, mademoiselle Flores ? Le petit déjeuner est disposé sur le buffet, mais je peux aussi vous préparer quelque chose, si vous préférez…

— Non merci, ce ne sera pas nécessaire, lui répondit Eva en souriant.

Le buffet était recouvert d'un assortiment de fruits, de petits pains frais, de yaourts et de pâtisseries. Elle se concocta une assiette de fruits et de céréales, et lança un regard en coin à Vidal en prenant place à côté de lui. Il était vêtu d'un pantalon sombre et d'une chemise bleu clair ouverte au col. La gouvernante lui servit une tasse de café. Eva la remercia et, tournant la tête, elle croisa le regard de Vidal posé sur elle. Une vague de chaleur l'envahit. Elle but rapidement une gorgée du breuvage et grimaça légèrement.

— C'est trop chaud ?

— C'est bon, répondit-elle en reposant la tasse.

— Tu as bien dormi ?

— Oui, merci. La chambre est très confortable.

— C'est un pied-à-terre parfait pour Londres.

— Tu es propriétaire ?

— Je possède tout l'immeuble. Mes bureaux se trouvent quelques étages plus bas.

Eva manqua de s'étouffer avec un morceau de pomme et elle se retint de lui répéter qu'il avait vraiment bien réussi. Il aurait encore pensé qu'elle le traitait avec condescendance, ce qui était faux. Dieu merci, la gouvernante interrompit ce moment gênant.

— Eh bien, j'ai terminé, monsieur Suarez. À moins que vous n'ayez besoin d'autre chose ?

Il adressa à cette dernière un sourire chaleureux, et Eva le regarda, hypnotisée. Cela transformait son visage et lui rappelait le jeune homme d'autrefois.

— Ce sera tout, je vous remercie, madame Carter. Nous

partons pour les États-Unis dans la journée. Mon assistante vous fera savoir quand nous serons de retour. Probablement d'ici deux semaines.

La gouvernante hocha la tête, avant de regarder Eva en souriant.

— Au revoir, mademoiselle Flores. Je vous souhaite un bon voyage.

Puis elle quitta la pièce.

La tête d'Eva bourdonnait de questions.

— Les États-Unis… tu veux dire en Amérique ?

— Oui, nous partons pour San Francisco. C'est là que j'habite désormais. Londres n'est que mon point de chute en Europe.

Soudain, Eva ne put réprimer une bouffée d'irritation.

— Quand allais-tu m'en informer ? Et pourquoi ne m'as-tu pas présentée à ta gouvernante ?

— J'étais sur le point de te l'annoncer. Et je ne t'ai pas présentée parce que je pensais que tu t'en moquais. Tu n'as jamais eu l'air de te soucier du personnel.

Elle fut si indignée qu'elle en resta muette. Puis, elle comprit qu'il avait raison. Au *castillo*, sa mère n'aimait pas qu'elle s'adresse aux employés au-delà du strict nécessaire.

— À l'avenir, je te serais reconnaissante de me présenter aux personnes qui travaillent pour toi, répliqua-t-elle, piquée au vif.

— Eh bien ! Faire le ménage dans les chambres d'hôtel semble avoir changé ton état d'esprit.

Elle se retint de lui tirer la langue et préféra soupirer en levant les yeux au ciel.

Vidal se leva.

— J'ai quelques coups de fil à passer dans mon bureau mais je te propose de m'y retrouver d'ici un quart d'heure pour que je t'explique le projet.

Le projet. Celui de faire semblant de se fiancer ou celui de partager son lit ?

Elle frémit en imaginant que Vidal puisse apprendre à quel point elle était encore naïve… *Jamais* il ne devait le savoir.

Il quitta la pièce et elle termina son petit déjeuner. Puis, comme il le lui avait demandé, elle se présenta à son bureau, quinze minutes plus tard, et frappa à la porte.

— Entre.

Sa voix avait-elle toujours été aussi basse ? Il sembla à Eva que celle-ci résonnait à travers tout son corps.

Elle poussa la porte et entra dans un espace étonnamment lumineux et moderne. Là aussi, une grande baie vitrée offrait une vue spectaculaire sur la ville. Vidal se tenait derrière un bureau massif sur lequel trônaient trois ordinateurs et un portable.

— Je t'en prie, assieds-toi.

Eva prit place en face de lui, ayant l'étrange sentiment de passer un entretien. Vidal referma son ordinateur portable.

— Nous partons pour San Francisco aujourd'hui car les investisseurs avec lesquels j'essaie de nouer le dialogue doivent assister à une série d'événements dans cette ville au cours des deux prochaines semaines. C'est une occasion idéale pour commencer à nous montrer en tant que couple. J'avais espéré que nous ferions d'abord un saut en Espagne, pour te laisser récupérer ce dont tu as besoin au *castillo*, mais nous n'avons plus le temps maintenant.

— Oh ! ce n'est pas nécessaire. Je peux appeler mon travail d'ici et il n'y a rien dont j'aie vraiment besoin là-bas…

— Pas même de vêtements ?

Eva repensa à toutes les robes haute couture de sa mère qu'elle avait dû vendre pour gagner un peu d'argent. Puis à sa propre garde-robe très modeste. Depuis l'humiliation qu'elle avait subie à la fête d'anniversaire il y a si longtemps, elle n'avait plus confiance en son propre jugement lorsqu'il s'agissait de vêtements – et de toute façon, elle n'avait pas les moyens de s'en acheter.

— Il n'y a rien qui en vaille la peine, fit-elle.

Puis, elle se souvint de quelque chose.

— Au fait, je dois passer rendre la tenue que je portais hier soir au magasin de location.

— Tu l'avais *louée* ?

— Je ne peux pas me permettre de m'offrir une telle robe.

Vidal saisit une tablette et commença à prendre des notes.

— Mon assistante passera l'acheter dans la boutique. Ainsi, tu pourras la garder. Et nous allons devoir te trouver d'autres vêtements. Je demanderai à un styliste de nous retrouver à San Francisco. Nous annoncerons nos fiançailles dès que possible.

— Qui sont ces investisseurs dont tu as tant besoin ? demanda-t-elle pour changer de sujet.

Vidal se leva et s'approcha de la fenêtre, les yeux perdus dans le lointain. Eva contempla son dos puissant et ses longues jambes musclées. Il ressemblait davantage à un athlète qu'à un génie des nouvelles technologies.

Il fit volte-face et elle détourna rapidement le regard.

— Des personnes qui ont un rôle clé dans mon domaine d'expertise. Ils ont accès à un type de financement qui n'existe nulle part ailleurs et dont le projet sur lequel je travaille a précisément besoin.

— Pourquoi sont-ils réticents à investir avec toi ? Tu as fait tes preuves depuis longtemps…

— Parce qu'ils sont conservateurs et estiment que, si mes affaires sont solides, mon instabilité personnelle est préjudiciable à leur réputation.

— Mais c'est idiot ! s'exclama Eva en fronçant les sourcils. La qualité de ton travail devrait largement suffire à les convaincre.

— Ta réaction est noble, mais elle vient de quelqu'un qui est issu d'un monde où l'on vous fait confiance et l'on vous accorde tous les accès uniquement en raison de votre nom.

Eva leva le menton sans même s'en rendre compte.

— J'ignorais que tu avais un tel poids sur les épaules.

Vidal prit un air grave.

— Je ne m'y attendais pas non plus mais, avec le temps,

j'ai compris que le nom et l'héritage gardent une influence considérable. Tout comme la réputation. Surtout quand des millions de dollars sont en jeu.

— Et tu crois vraiment que cela t'aidera de m'avoir à tes côtés ? demanda Eva en se mordant la lèvre. La plupart des gens là-bas n'ont jamais entendu parler de moi.

— Ils sauront très vite qui tu es.

— Et ils apprendront que mes parents étaient séparés…

— Cela n'a pas d'importance. L'essentiel est que tu viennes d'un milieu aisé et d'une grande lignée.

— *Autrefois* aisé, précisa-t-elle.

— Ton père a encore de l'argent.

Elle le regarda en tentant de cacher sa douleur et le sentiment d'abandon qui s'était imposé à elle en l'entendant mentionner son père.

— Vraiment ? Comment pourrais-je le savoir ?

— Visiblement, il ne fait pas grand-chose pour t'aider…

— Après son départ du *castillo*, il ne nous a pas donné un centime. Si le domaine n'avait pas appartenu à la famille de ma mère, il nous l'aurait probablement pris aussi.

Vidal baissa les yeux vers elle.

— Mais alors que faisais-tu à Londres avec lui ?

Elle détourna le regard pour cacher son trouble.

— Je ne pense pas que ce soit pertinent d'en parler…

— Tu m'as dit que la réalité n'avait rien à voir avec les apparences. Raconte-moi ce qui s'est passé.

— Qu'est-ce que ça peut bien te faire ?

— Allez !

Pour tenter de calmer sa nervosité, Eva commença à faire les cent pas dans la pièce, les bras croisés sur sa poitrine.

— Tu n'as pas des choses à faire avant le départ ?

— Nous avons tout notre temps. C'est un jet privé.

Évidemment, elle aurait dû s'en douter. Elle le fixa, furieuse qu'il la pousse ainsi dans ses retranchements. C'était si humiliant… La simple idée de devoir encore s'exposer la faisait frémir d'horreur. Pas quand Vidal était si distant. Il ne comprendrait pas…

Elle prit une grande inspiration.

— C'était exactement comme tu as pu le voir sur les photos. Une soirée mondaine. Et il se trouve que mon père y était aussi. J'ai fait la fête pendant quelques jours, un peu de shopping, puis je suis rentrée à la maison, voilà tout.

Vidal eut l'air sceptique mais Eva s'en moquait. Il en savait déjà trop. Jamais elle ne lui avouerait ce qui s'était vraiment passé ce soir-là. C'était trop douloureux.

Dieu merci, il n'insista pas.

— Je dois descendre dans mes bureaux pendant une heure pour discuter avec mon équipe et régler les détails de notre voyage. Donne-moi l'adresse de la boutique de location et note aussi tes mensurations.

Elle inscrivit ce qu'il lui demandait sur une feuille de papier puis la lui donna.

— Prépare tes affaires et sois prête à partir à mon retour.

— Je suis déjà prête, fit-elle, consciente qu'elle n'avait quasiment rien emporté avec elle.

— Bien, dit-il avant de quitter la pièce.

Eva soupira, soulagée. Combien de temps allait-elle devoir se protéger de la sorte ? Un mois, deux mois ?

Soudain, cette perspective lui sembla plus difficile que tout ce qu'elle avait vécu dans sa vie.

5.

— Tu n'étais jamais montée dans un jet ? Vraiment ? J'ai du mal à te croire.

Eva lui lança un regard noir.

— Ai-je besoin de te répéter que je suis ruinée ?

— Je pensais que tes amis riches t'auraient fait profiter de cette occasion. Pour ce voyage à Londres, par exemple. Ne me dis pas que tu as rapporté tes emplettes dans un vol commercial.

Elle le regarda à nouveau en espérant qu'il comprenne qu'elle n'avait aucune intention de lui parler de ce voyage. Il se moquerait d'elle s'il connaissait la vérité. Non seulement elle n'avait pas fait de shopping, mais elle était rentrée dans un vol charter, comprimée entre deux passagers.

Eva avait du mal à calmer ses esprits depuis qu'ils avaient quitté l'appartement londonien de Vidal pour ce petit aéroport où un jet privé les attendait.

À l'intérieur de l'avion, la décoration était le summum du luxe. Cuir crème et moquette si épaisse qu'on avait l'impression de marcher sur un nuage. Les finitions étaient en bois précieux et le personnel, très discret.

— Il faut fêter cela ! s'exclama Vidal.

Un steward apparut comme par enchantement.

— Monsieur Suarez, en quoi puis-je vous aider ?

— Apportez-nous deux coupes de champagne, s'il vous plaît, Tom.

Et au moment où l'homme s'apprêtait à repartir, Vidal reprit :

— Au fait, Tom, je vous présente Mlle Eva Flores. Eva, voici Tom.

Elle sentit le rouge lui monter aux joues.

— Enchantée, murmura-t-elle.

— Moi de même, mademoiselle. Je reviens tout de suite, ajouta le steward avant de s'éclipser.

Elle regarda Vidal et lui adressa un sourire chaleureux.

— Je te remercie, fit-elle à voix basse.

L'espace d'un instant, le visage de Vidal sembla se figer.

— Quoi ? reprit-elle. Qu'ai-je encore fait ?

Il plongea ses yeux dans les siens, l'air grave.

— Je te vois rarement sourire, tu sais ?

Le cœur d'Eva se serra et elle haussa les épaules pour camoufler son trouble.

— Je souris autant que n'importe qui, dit-elle en sachant que c'était faux.

Tom réapparut avec un plateau sur lequel étaient posées deux coupes de champagne. Il lui en offrit une qu'elle accepta en souriant à nouveau. Tout cela lui semblait… irréel.

— À une collaboration fructueuse ! s'exclama Vidal en tendant sa coupe vers elle.

— Je ne te savais pas si romantique, lui lança-t-elle d'un ton taquin.

— Oh ! mais je peux l'être, quand j'en ai envie.

L'idée qu'il le soit avec une autre qu'elle la rendit folle. Elle but une gorgée de champagne et reposa sa coupe sur la tablette entre eux.

— Comment ça va se passer pour nous ? Tu ne m'aimes pas mais tu veux quand même coucher avec moi, c'est ça ?

— Tu n'es pas au courant ? fit-il d'un ton moqueur. Les hommes n'ont pas besoin de sentiments pour coucher. Seulement de…

— C'est bon, je sais, coupa-t-elle en levant la main.

— Je n'ai jamais dit que je ne t'aimais pas, Eva. Ce que je ressens pour toi est… complexe. Mais nous n'avons pas besoin de nous préoccuper des sentiments, seulement de cette alchimie qui existe entre nous depuis le jour où nous nous sommes rencontrés.

— Tu ne te soucies pas de ce que je peux éprouver pour toi ? demanda-t-elle, légèrement essoufflée.

— Pas vraiment, répondit-il en haussant les épaules. J'ai juste besoin que tu me désires, ce qui est le cas, même si tu refuses encore de l'admettre.

En cet instant, Eva n'aurait su dire ce qu'elle ressentait pour Vidal. Pour elle, aimer désignait un sentiment obscur, compliqué et intense. Un sentiment qui lui était totalement étranger.

— Je ne coucherai pas avec toi, déclara-t-elle.

Ce serait trop s'exposer et elle ne le supporterait pas.

— Je remarque que tu n'as pas dit : « Je ne veux pas coucher avec toi. » Au moins, tu ne te mens pas à toi-même.

Elle rougit violemment et détourna le regard.

— Peut-être même vas-tu tomber amoureuse de moi, Eva.

Une décharge électrique lui parcourut le corps à cette idée.

— Pourquoi voudrais-tu cela ? fit-elle en levant les yeux vers lui

— Ça m'amuserait après toutes ces années où je n'ai cessé de te désirer, répondit-il en haussant les épaules.

Il la taquinait. Forcément.

— Tu utilises très facilement le mot « amour », nota-t-elle.

— L'amour est quelque chose de facile.

— Comment le saurais-tu ? demanda-t-elle, fascinée par la tournure que prenait leur conversation.

— J'ai vu celui qui unissait mes parents. Ils se soutenaient et se respectaient. Cela paraît évident, mais c'est rare. Combien de personnes sont bonnes l'une envers l'autre dans un couple ?

Eva resta sans voix. Tout ce qui lui venait à l'esprit était le souvenir de la dispute entre ses parents avant que son père ne parte. Ce dernier avait dit tellement de choses horribles à sa mère ce jour-là qu'Eva les avait refoulées dans sa mémoire.

— Je n'en connais pas beaucoup, admit-elle.

— Même après la mort de ma mère, mon père n'a pas

sombré dans l'amertume. Il a continué à célébrer sa vie et leur amour.

Eva se sentit touchée au plus profond d'elle-même par ce que Vidal venait de lui raconter.

— Quel âge avais-tu à sa mort ? demanda-t-elle doucement.

— Douze ans.

— Je suis désolée…

— C'était il y a longtemps, fit-il en détournant le regard.

— Je ne tomberai pas amoureuse de toi, Vidal. Je n'ai connu que le contraire de ce que tu as décrit. Je ne crois pas en l'amour.

Vidal but une gorgée de champagne.

— Ne te sous-estime pas, Eva. Tu es humaine, après tout.

— Et que ferais-tu si ça arrivait ? lança-t-elle. Si je devenais trop sentimentale et que je ne voulais plus partir ?

— Je suis très doué pour m'extirper d'une relation qui ne me convient plus, répondit-il du tac au tac.

Elle n'en doutait pas.

Rappelle-toi ce que tu obtiendras en échange, susurra une petite voix dans sa tête.

C'est vrai, elle avait presque oublié l'objectif de sa présence ici. Elle se sentit soudain bien naïve. Dire qu'elle était déjà en route pour l'Amérique sans que Vidal ne lui ait fourni la moindre assurance. Elle se redressa dans son fauteuil.

— Qu'en est-il de l'achat du *castillo* ? As-tu contacté mon avocat ?

— C'est en cours. Mes avocats espagnols doivent rencontrer le tien aujourd'hui. Et j'aurai des papiers à te faire signer à notre arrivée à San Francisco. Tu n'as pas confiance en moi, Eva ? ajouta-t-il en lui lançant un regard moqueur.

— Je ne me serais jamais posé de questions avant. Mais la situation est différente à présent… *Tu* es différent.

— Et tu l'es aussi. Au début, je pensais que ce n'était qu'en apparence, mais je me rends compte maintenant que tu as vraiment changé.

Elle résista à l'envie de lui demander des précisions à ce

sujet, de peur que ses impressions soient plus négatives que positives.

— Il y a une chambre à l'arrière de l'appareil si tu veux aller te reposer, reprit Vidal. Nous annoncerons nos fiançailles lors d'une conférence de presse à l'aéroport. J'ai pensé que c'était la meilleure stratégie pour éviter tout commérage.

— Directement à notre arrivée ? s'écria-t-elle, le cœur battant. Mais je n'ai rien à me mettre en dehors de la robe que je portais hier soir…

Il fit un geste de la main en direction de l'arrière.

— J'ai demandé à mon assistante de déposer des vêtements à ta taille. Tu les trouveras dans la chambre. Choisis ce qui te convient.

Une vague de panique la saisit.

— Justement, je ne sais pas ce qui me convient ! s'exclama Eva. Je n'ai aucune confiance en moi en matière de mode.

— Que veux-tu dire ?

— J'ai vécu une mauvaise expérience à l'âge de dix-huit ans, avoua-t-elle à contrecœur. Je me suis rendue à une soirée mondaine, vêtue d'une robe complètement démodée. Et tout le monde s'est moqué de moi…

— Tu as peut-être raison, fit Vidal, pensif.

— Comment ça ? répliqua-t-elle, sur la défensive.

— La tenue que tu portais à cette soirée à Londres avec ton père était… plutôt vulgaire.

Eva se mordilla à nouveau la lèvre. Elle n'avait pas choisi de mettre cette robe hideuse. Si tant est qu'on puisse appeler ça une robe. Deux pièces de lamé argenté maintenues ensemble par des cercles qui couraient de chaque côté de son corps, le tout supporté par de fines bretelles. Ultracourte et clairement indécente.

— En revanche, celle que tu portais hier soir était très bien, ajouta-t-il.

— C'est parce que la vendeuse du magasin m'avait aidée à la choisir.

À la surprise d'Eva, Vidal se leva et lui tendit la main.

— Viens, fit-il, l'air sérieux.

Elle glissa sa main dans la sienne et, à son contact, elle eut la sensation qu'une décharge électrique parcourait tout son corps. Elle se leva et se tint tout près de lui. Il était si grand par rapport à elle. Elle fut prise d'une envie folle de se serrer contre lui et de glisser un bras autour de sa taille.

Dieu merci, il ne parut pas remarquer son trouble et il la conduisit vers l'arrière de la cabine.

Il ouvrit une porte et Eva fut stupéfaite de découvrir une chambre luxueusement décorée ainsi qu'une salle de bains attenante.

— C'est… impressionnant ! murmura-t-elle.

Vidal s'approcha d'une tringle à vêtements et Eva le suivit avec appréhension.

Il sortit un tailleur-pantalon bleu roi qu'il maintint devant elle avant de faire une grimace et de le remettre à sa place. Puis, il saisit une jupe en cuir et un haut en cachemire.

— J'aime bien, dit Eva en tendant la main pour toucher les vêtements.

Mais il les avait déjà rangés en grommelant que cela lui faisait trop penser à des habits de travail.

Il choisit enfin une élégante robe multicolore à manches courtes qui faisait habillée sans être trop chic.

— Essaie-la, lui intima-t-il en la lui mettant dans les bras. Avec ça, ajouta-t-il en lui tendant une veste courte et une paire d'escarpins noirs à talons hauts.

Eva se tint un peu confuse, les bras chargés de vêtements.

— La salle de bains est derrière toi. Va te changer, je t'attends ici.

Elle entra dans la pièce, troublée à l'idée de se déshabiller alors qu'une simple cloison les séparait.

Elle s'empressa d'enfiler la robe mais, lorsqu'elle voulut remonter la fermeture Éclair dans son dos, elle ne parvint pas à l'atteindre. Exaspérée, elle soupira bruyamment.

— Tu as besoin d'aide ? lui demanda Vidal.

— Oui, répondit-elle en grimaçant.

— Sors.

La robe lui arrivait à mi-cuisses et était ouverte dans le dos. Elle fit quelques pas vers lui, très gênée.

— Je n'arrive pas à la refermer.

— Tourne-toi.

Elle obéit. Quelques secondes s'écoulèrent sans qu'il fasse un geste, puis elle sentit les doigts de Vidal atteindre le bas de la fermeture Éclair, au creux de son dos, et elle ne put réprimer un frisson. Il fit glisser très lentement la fermeture vers le haut.

Quand il arriva au niveau de sa nuque, il repoussa la masse de ses cheveux sur une épaule et ses doigts s'attardèrent un instant contre sa peau. Eva cessa de respirer. Puis, il recula de quelques pas.

— C'est bon

Elle se retourna et se regarda dans un miroir. La robe épousait étroitement la moindre de ses courbes. Jamais elle n'aurait osé la choisir pour elle. Le regard de Vidal s'attarda longuement sur chaque partie de son corps.

— Tu es parfaite, murmura-t-il.

— C'est approprié ?

— Avec la veste, ça ira très bien.

La tension entre eux était palpable. Soudain, l'espace qui lui avait semblé si vaste en entrant parut minuscule.

— Tu vas aussi avoir besoin de cela, ajouta-t-il en prenant une boîte posée sur une étagère.

C'était un écrin qui portait le nom d'un bijoutier célèbre.

Il l'ouvrit et Eva écarquilla les yeux en découvrant une bague ornée d'une pierre jaune scintillante carrée, sertie d'or et entourée de diamants blancs.

— Quelle est cette pierre ? demanda-t-elle, émerveillée.

Pourvu que Vidal ne remarque pas à quel point elle était troublée. Au fond, n'avait-elle pas toujours rêvé de vivre un moment tel que celui-ci ? Qu'un jour un homme la désire et l'aime suffisamment pour la demander en mariage et lui offrir une bague comme celle-là…

Elle aurait tant voulu que tout cela soit vrai.

— C'est un diamant jaune, dit-il en la faisant revenir à la réalité.

Eva prit une profonde inspiration.

— Elle est magnifique, Vidal, murmura-t-elle.

Il sortit la bague de son écrin et tendit la main vers elle pour la lui faire essayer.

— Je peux la mettre moi-même, balbutia-t-elle, troublée comme jamais.

— J'ai envie de le faire.

Elle le regarda fixement quelques instants avant d'obtempérer. Il prit sa main dans la sienne et elle eut honte de ses ongles coupés court et de ses doigts calleux. Pourtant, l'anneau s'ajusta parfaitement à son annulaire. Comme dans un conte de fées. Sauf que la vérité n'avait rien à voir avec cela. Ce n'était qu'une parodie. Une punition. Un châtiment.

Elle voulut se libérer de son emprise mais Vidal refusa de lui lâcher la main. Elle leva la tête vers lui. Ils étaient si proches l'un de l'autre. Il baissa les yeux vers sa bouche et elle frissonna.

— Tu sais, je te dois quelque chose, dit-il d'une voix basse qui la fit frémir.

— Tu ne me dois rien du tout.

Il s'approcha d'elle et elle cessa de respirer.

— Si, je te dois un baiser.

Eva secoua la tête.

— Mais non, oublie ça…

— Tu étais tellement en colère ce jour-là, quand je n'ai pas voulu t'embrasser en retour.

— J'avais mal interprété la situation.

— Pas du tout. Tu m'as juste pris au dépourvu. Veux-tu savoir pourquoi j'ai réagi ainsi ?

— Je… oui…, balbutia-t-elle, confuse, sans pouvoir empêcher son regard de s'égarer en direction des lèvres pleines et fermes de Vidal.

— Parce que j'en mourais d'envie mais que tu n'étais pas prête. Alors que, maintenant, tu l'es.

— Tu crois ? murmura-t-elle en rougissant.

Vidal s'approcha encore plus près. Il glissa une main sous ses cheveux et vint attraper doucement son menton en le caressant avec son pouce. Puis il posa son autre main sur sa taille. Elle était pieds nus et, quand il lui releva la tête pour qu'elle le regarde, Eva se noya dans la profondeur de ses yeux aigue-marine.

Elle l'avait embrassé il y a bien longtemps, et même si ce contact avait été fugace, elle se souvenait encore de l'explosion de chaleur qui était née au creux de ses jambes.

« Tu n'étais pas prête… Alors que, maintenant, tu l'es… »

La bouche de Vidal n'était qu'à quelques centimètres de la sienne. Elle pencha la tête en arrière et se cambra vers lui. Toutes les cellules de son corps réclamaient son contact. Elle en avait rêvé, alors même qu'elle avait tremblé d'humiliation après son refus.

Avec le recul, elle comprenait que Vidal n'avait pas fait cela par cruauté, mais par respect pour elle.

Cette pensée lui donna le vertige et elle manqua de vaciller. Mais à la dernière seconde, elle se souvint que la seule chose à laquelle elle pouvait s'accrocher était sa dignité. Si elle cédait maintenant à Vidal, il aurait gagné. Et elle serait perdue.

Encore un peu étourdie, elle eut un mouvement de recul pour se libérer de son contact. L'atmosphère entre eux était électrique, la tension presque palpable.

Vidal n'eut pas l'air de s'en soucier et continua à la regarder comme si de rien n'était.

— Je te l'ai dit, je ne coucherai pas avec toi.

— Tu le feras, je n'en doute pas une seconde, répondit-il d'une voix confiante et calme avant de la regarder une dernière fois de bas en haut. Ta robe est parfaite. Il faut juste que tu arranges un peu ta coiffure.

Et sur ces mots, il sortit de la pièce avant même qu'elle ait pu reprendre son souffle. Exaspérée de le voir aussi calme alors qu'elle frémissait encore de frustration et de désir, Eva attrapa une de ses sandales et la lança contre la porte.

La chaussure retomba au sol et elle entendit un petit rire moqueur résonner de l'autre côté de la cloison.

Elle serra les poings, impuissante, et se rendit dans la salle de bains. Elle ne put retenir un gémissement en se voyant dans le miroir, les cheveux en bataille, les yeux brillants et les joues roses d'excitation. Tout cela alors qu'ils ne s'étaient même pas embrassés !

Elle mentirait en prétendant qu'elle n'avait pas envie de Vidal. Tous deux savaient parfaitement qu'elle était folle de désir pour lui. Mais elle mourrait plutôt que d'y céder. Parce qu'elle savait au plus profond d'elle-même que, si cela arrivait, elle risquait de détruire les barrières de protection qui l'avaient protégée tout au long de sa vie.

Et elle n'était certainement pas prête à prendre ce risque.

Vidal retourna à son siège, le corps bouillant de frustration. Eva se jouait de lui. Forcément. Elle n'était plus une adolescente passionnée. Elle était une femme. Et pourtant, quelque chose le retenait qu'il n'arrivait pas à définir.

Qu'est-ce ? se demanda-t-il. Était-ce parce qu'il n'avait pas été le premier homme à la posséder alors qu'elle s'était jetée sur lui ? Non, car il savait exactement comment cela se serait passé. Elle se serait levée après leurs ébats, aurait fait une remarque désobligeante et serait partie sans un regard.

Sans doute avait-elle supposé à l'époque que c'était à Vidal de l'initier, afin qu'elle soit apte à séduire ensuite un mari convenable. Mais cela ne s'était pas déroulé ainsi.

Avec sa mère, elles avaient sombré dans la déchéance avant qu'Eva n'ait pu s'imposer. Avait-il de la peine pour elle ? Absolument pas. La jeune femme n'avait vécu ni plus ni moins que ce que vivent la plupart des mortels. Elle avait un toit sur la tête. Et elle avait toujours son nom et sa lignée, qu'elle portait comme un talisman.

Et dont tu es bien heureux de profiter, susurra une petite voix dans son esprit.

Il but une gorgée de champagne.

Eva ne semblait pas malheureuse de travailler dans cet hôtel. Plutôt… résignée. Après tout, peut-être que cette pénible expérience lui avait permis de jeter un regard critique sur la vie de privilégiée qu'elle avait menée jusqu'alors en la prenant pour acquise.

La porte de la chambre s'ouvrit et Vidal leva les yeux. Eva apparut, vêtue de sa robe, sa veste et ses escarpins qui lui faisaient des jambes interminables. Avec ses cheveux sagement tirés en arrière et son visage à l'expression parfaitement lisse, elle avait l'air plus aristocratique que jamais.

— Ça ira ? demanda-t-elle en venant se placer près de lui.

Vidal soutint son regard avec difficulté. Elle était tout simplement éblouissante.

— Ça ira.

— Merci pour les vêtements.

— Je t'en prie. C'est le moins que je puisse faire pour que tu sois à l'aise en public.

Elle pâlit légèrement mais, avant qu'il n'ait le temps de lui demander pourquoi, elle prit la parole.

— Si ça ne te dérange pas, je vais aller me reposer un peu avant l'atterrissage.

— Bien sûr.

Elle remonta l'allée de l'avion et disparut à nouveau dans la chambre, le laissant en proie à un trouble mystérieux.

Parfois, la jeune femme était aussi lisible qu'un livre ouvert, et à d'autres moments, son expression lui paraissait indéchiffrable.

Qu'elle garde ses mystères, après tout. Tout ce qui comptait, c'était qu'elle remplisse sa part du contrat et que, le moment venu, elle l'aide à apaiser le feu qui le consumait.

Il choisit de ne pas tenir compte du sentiment d'anticipation brûlant qui naquit à cette idée, se disant qu'il était ridicule de penser que ce moment éclipserait tout ce qu'il avait vécu jusqu'à présent.

Eva fut choquée en apercevant à travers le hublot la foule de journalistes qui les attendait à l'aéroport de San Francisco. Ils se pressaient au pied des marches de l'avion. C'était censé être informel, mais elle tremblait de nervosité.

Elle avait eu du mal à trouver le sommeil après cet instant empreint de sensualité avec Vidal. Contrairement à elle, ce dernier avait semblé très maître de lui. Avait-il vraiment envie d'elle ou prenait-il plaisir à la voir s'emmêler les pinceaux ?

Elle enfila sa veste par-dessus sa nouvelle robe.

— Prête ? lui demanda Vidal en lui tendant la main.

Eva sentait le poids de la bague de fiançailles à son doigt. Elle prit une grande inspiration et glissa sa main dans la sienne.

Il la conduisit jusqu'à l'entrée de l'appareil et ils furent assaillis par les flashs des appareils photo. Eva tressaillit. La seule fois où on l'avait ainsi mitraillée, c'était lors de cette soirée malencontreuse à Londres avec son père.

Ce n'est pas le moment de penser à ça.

Ils descendirent les marches de l'avion, main dans la main.

Vidal répondit sans difficulté aux questions qu'on leur posait. Ils s'étaient mis d'accord pour être le plus sincères possible en racontant qu'ils s'étaient rencontrés il y a longtemps au *castillo*.

— Notre amitié s'est récemment transformée en quelque chose de beaucoup plus profond, déclara Vidal. Je suis honoré qu'Eva ait accepté de devenir ma femme.

— Quand comptez-vous vous marier ? demanda l'un des journalistes.

Eva sentit Vidal se crisper légèrement.

— Nous avons tout le temps de faire des projets… en attendant, nous avons l'intention de profiter de nos fiançailles.

L'espace d'une seconde, Eva se prit à rêver. Et s'ils avaient vraiment été amis ? Leur trajectoire aurait-elle été différente ?

Elle revint soudain à la réalité quand Vidal lui prit doucement le menton.

— Prête ? chuchota-t-il.

Elle lut dans son regard un mélange de tendresse et de faim qui la désarma complètement. Elle savait qu'elle aurait dû résister. Il le fallait. Mais c'était trop tard. La bouche chaude et ferme de Vidal se posa sur la sienne, et le cerveau d'Eva cessa de fonctionner. Il n'approfondit pas son baiser et se contenta de le prolonger un long moment, avant de s'écarter d'elle.

Eva mit plus d'une seconde avant de rouvrir les yeux et, alors, elle fut aveuglée par le crépitement des flashs. L'attaché de presse de Vidal intervint pour annoncer que ce serait tout pour l'instant et ils furent conduits jusqu'à une berline aux vitres teintées.

Un chauffeur en uniforme leur ouvrit la portière et Vidal aida Eva à entrer avant de venir s'installer de l'autre côté. Ils quittèrent lentement l'aéroport en direction des gratte-ciel qui se profilaient au loin.

— Tu te sens bien ? demanda-t-il.

Elle était légèrement étourdie et il lui prit la main.

— Pas vraiment… je suis désolée. Je n'ai pas l'habitude de tout ça.

— Je veux bien te croire. C'est ma faute, j'aurais dû te préparer à ce qui t'attendait.

— Ce n'est pas grave, fit-elle en secouant la tête

Elle retira sa main, troublée par ce contact.

Le souvenir des lèvres de Vidal sur les siennes la brûlait comme une marque au fer rouge.

Le soleil se couchait sur San Francisco et le ciel était flamboyant. Eva se laissa distraire tandis qu'ils parcouraient l'emblématique quartier hippie de Haight-Ashbury et ses rues vertigineuses.

Bientôt, ils parvinrent dans un quartier résidentiel étonnamment calme et la voiture fit halte devant un portail discret entouré d'arbres majestueux. Les portes s'ouvrirent, et un individu en pantalon sombre et polo assorti s'avança pour les accueillir.

Vidal aida Eva à sortir de la voiture et il salua chaleureusement l'homme avant de le lui présenter.

— Eva, voici Michael, l'intendant de la maison.

Ce dernier inclina poliment la tête.

— C'est un plaisir de vous rencontrer, mademoiselle Flores. Toutes mes félicitations pour vos fiançailles.

Elle lui serra la main, légèrement embarrassée. Il devait bien se douter de la mascarade. Il ne l'avait jamais vue de sa vie auparavant…

L'intendant les précéda à l'intérieur du domaine, leurs valises à la main, et Vidal invita Eva à entrer. Une fois passé le portail, la vue qui s'offrit à elle lui coupa le souffle. Elle se trouvait face à une sublime maison au style Art déco, faite de pierre, de verre et d'acier, et entourée de jardins paysagers impeccablement entretenus.

Fascinée, elle suivit Vidal à l'intérieur et découvrit un hall au plafond cathédrale baigné de lumière. La décoration était moderne et minimaliste tout en restant chaleureuse, et le mobilier, luxueux et confortable. Les murs en pierre étaient ornés d'œuvres d'art. Ils traversèrent le rez-de-chaussée jusqu'à déboucher sur un grand balcon ensoleillé. En se penchant par-dessus la balustrade, Eva aperçut une longue piscine en contrebas.

Elle resta silencieuse et devina que Vidal guettait sa réaction.

— Tu n'aimes pas, c'est ça ? finit-il par demander.

— Oh ! si… beaucoup !

— Je vais te montrer les étages.

Sans réfléchir, elle enleva ses chaussures à talons hauts et le suivit dans l'escalier. Vidal se retourna et il baissa les yeux vers ses pieds.

— Cela ne te dérange pas ? dit-elle, un peu gênée. Les escarpins me faisaient mal et je ne veux pas abîmer ton parquet.

Il secoua la tête, l'air un peu décontenancé.

— Pas du tout. D'ailleurs, c'est aussi chez toi. Pour les quelques semaines à venir…

Quelques semaines. Peut-être regrettait-il déjà son projet rocambolesque de fausses fiançailles. Avait-il déjà décidé qu'une semaine ou deux suffiraient amplement ?

Au niveau supérieur, Eva pénétra dans un salon confortable équipé d'une immense télévision. Puis ils gravirent encore un étage et traversèrent une salle à manger avant de déboucher sur une vaste terrasse. Dehors, l'air était doux en ce début d'automne.

Il y avait des canapés extérieurs et un brasero. Eva se dirigea jusqu'à la rambarde et contempla, émerveillée, la vue sur le Golden Gate Bridge au loin, ainsi que l'enchevêtrement quadrillé des rues vallonnées, bordées de petites maisons victoriennes.

— Je comprends mieux à présent pourquoi on a appelé cet endroit le Nouveau Monde, murmura-t-elle, rêveuse.

Elle eut le sentiment étrange qu'un poids avait été enlevé de ses épaules. Cela lui sembla fou qu'un lieu puisse avoir cet effet sur elle. Cet endroit n'aurait pas pu être plus différent du *castillo*. Peut-être était-ce pour cela qu'il lui plaisait autant…

— Tu me surprends.

Elle tourna la tête et croisa le regard de Vidal fixé sur elle.

— Pourquoi ? Tu pensais que je ne pourrais être à l'aise que dans des ruines ? Non, ajouta-t-elle en frissonnant légèrement. Je préfère l'architecture moderne.

Une porte s'ouvrit et Michael s'avança vers eux.

— Désolé de vous déranger, patron, mais votre chauffeur vous attend.

Vidal jeta un œil à sa montre en marmonnant.

— Je dois me rendre à une réunion auprès de mon conseil d'administration. Michael va te montrer ta chambre, puis il te servira un dîner. On se retrouve demain matin.

Et sur ces mots, il s'éloigna à travers le vaste espace ouvert, la laissant un peu confuse.

— Je vous en prie, laissez-moi vous conduire à votre chambre, intervint Michael avec un sourire.

Eva le suivit en s'efforçant de refouler les échos du passé qui résonnaient dans sa tête dès lors qu'elle était livrée à elle-même.

Vidal n'était pas sa mère, ce n'était pas le *castillo*, et elle n'était plus une enfant.

Tout cela était à sa portée.

6.

Vidal eut du mal à trouver le sommeil, tiraillé par sa conscience d'avoir dû quitter Eva si brusquement après leur arrivée. Elle avait paru surprise. Un peu perdue.

Il s'était attendu à ce qu'elle soit blasée. À ce qu'elle le juge. Mais elle avait eu l'air enchantée. En réalité… il devait admettre que la jeune femme qu'il avait retrouvée il y a une semaine était une énigme.

Par moments, elle était la même fille froide et distante qu'il avait connue, et à d'autres, elle semblait quelqu'un d'entièrement différent.

C'était déconcertant.

Il entendit un bruit et leva les yeux de la table du petit déjeuner où il était installé, près de la piscine. Eva marchait vers lui, vêtue d'un jean délavé et d'une simple chemise blanche. Ses cheveux soyeux relâchés. Simple, classique. Jamais il n'avait rencontré une femme avec autant d'allure.

Elle vint s'asseoir en face de lui.

— Bonjour, dit-il au moment où son chef apparaissait, un plateau chargé de pâtisseries fraîches dans les mains. Santo, je vous présente Eva.

La jeune femme tourna son regard vers le cuisinier et lui adressa un sourire.

— Enchantée de faire votre connaissance, Santo.

L'homme rougit et lui sourit en retour avant de s'éclipser. Vidal observa Eva.

— Qu'y a-t-il ? demanda-t-elle en cessant de sourire.

— Rien. Tu as bien dormi ?

— Ma chambre est… incroyable ! s'exclama-t-elle en ouvrant de grands yeux. Je ne suis pas habituée à un tel confort.

Vidal repensa au *castillo*. L'endroit avait beau être impressionnant, on ne pouvait le qualifier de confortable.

— J'imagine, répondit-il. Plus jamais tu ne vivras dans ce dénuement. À ce propos, mon équipe a préparé les contrats qui définissent les termes de notre accord. Ton avocat a envoyé un confrère d'un cabinet américain pour te représenter. Nous irons régler les détails à mon bureau après le petit déjeuner.

— Très bien…

— Tu as changé d'avis ? demanda-t-il face à son air hésitant.

Elle secoua la tête et se servit une tasse de café.

— Non. C'est juste que je n'arrive pas à croire que tout se passe si vite et si facilement.

Elle s'interrompit quelques secondes.

— Et toi, reprit-elle, tu es sûr que tu ne vas pas changer d'avis ? Je ne sais même pas si ma présence à tes côtés t'apportera quelque chose…

— Bien sûr que si, déclara-t-il fermement. J'accomplis les souhaits de mon père et je t'ai à mon bras pour montrer à quel point je suis socialement respectable. Nous sommes gagnants tous les deux.

Et je te mettrai dans mon lit, pour apaiser le feu qui coule dans mes veines dès que je pense à toi, songea-t-il sans le formuler.

Comme si ses pensées s'étaient secrètement glissées dans l'esprit d'Eva, elle le fixa, les joues roses.

— C'est tout ? À ton bras et pas dans ton lit ?

Il sentit le désir pulser à travers tout son corps.

— Comme je l'ai dit, je ne force jamais les femmes à coucher avec moi. Elles le font de leur plein gré. Et avec beaucoup d'enthousiasme.

Eva détourna le regard, plus rouge que jamais.

— C'est dégoûtant !

— Il n'y a rien de dégoûtant dans le fait de vouloir rendre

heureuses mes amantes, répliqua-t-il, intrigué par cet accès de pudeur.

Ils furent interrompus par Santo qui apportait une cafetière fumante et Vidal faillit éclater de rire en surprenant le regard furieux d'Eva fixé sur lui. Il serait *tellement* satisfait quand elle capitulerait et le supplierait de lui faire l'amour…

Dès qu'ils furent à nouveau seuls, il se pencha vers elle.

— N'oublie pas que j'ai vu le feu et la passion qui couvaient en toi, Eva Flores, murmura-t-il à son oreille. Tu peux tromper qui tu veux avec ton air innocent et scandalisé. Avec moi, ça ne marche pas.

Eva qui allait croquer dans une viennoiserie la reposa et prit quelques secondes pour calmer le tumulte de son esprit.

— Tu veux dire… quand j'ai essayé de… t'embrasser ?

Mais Vidal secoua la tête.

— Alors, que… ?

Elle s'interrompit, plus troublée que jamais. Non. Il ne pouvait pas savoir, c'était impossible. C'était son plus grand secret.

Elle le regarda, confuse, et Vidal hocha la tête, une lueur nouvelle dans les yeux.

— J'avais l'habitude de te regarder, tu sais ?

Eva détourna le regard, se rappelant que, dans ces moments-là, elle s'était sentie libre comme jamais.

Elle opta pour le bluff.

— Je ne vois pas de quoi tu parles.

— Tu as continué ?

Non. Elle avait arrêté. Mais elle en rêvait souvent. Ce sentiment de se perdre dans le rythme et la musique.

— Quoi donc ? insista-t-elle.

— Qui t'a appris à danser comme ça, Eva ? Je sais que tu t'entraînais seule avec des tutoriels en ligne quand je t'observais. Je ne t'avais jamais vue aussi déterminée pour quoi que ce soit. Mais quelqu'un a bien dû t'initier.

Eva eut envie de se recroqueviller pour tenter de protéger cette part si secrète d'elle-même.

— Notre première gouvernante, Maria, avoua-t-elle à contrecœur. Elle est partie avant votre arrivée. Je l'ai vue un jour danser dans la cuisine. Elle avait aussi l'habitude de chanter. Des chansons si tristes… Je lui ai demandé de m'apprendre ce qu'elle faisait.

— Quel âge avais-tu alors ?

— Environ huit ans.

À l'époque, le père d'Eva venait de les quitter et sa mère était recluse dans sa chambre, alternant crises de colère et de mélancolie. Maria avait été la seule à s'occuper d'Eva durant cette période. Mais un jour, sa mère les avait surprises en train de rire dans la cuisine.

« Ce n'est pas un endroit approprié pour ma fille, avait-elle froidement déclaré. Maria, je vous demande de partir. »

Eva était inconsolable. Sa mère l'avait giflée pour l'empêcher de pleurer, et plus jamais, après cet épisode, elle n'avait exprimé sa tristesse en public. Elle avait refoulé ses émotions au plus profond d'elle-même et s'était assurée de ne jamais rien montrer.

— Tu étais vraiment douée, tu sais, dit Vidal.

— Je… merci. Personne ne l'a su.

— Pour quelle raison ?

Elle eut un petit rire amer.

— Tu imagines ma mère si elle avait vu ça ? Sa fille en train de danser le flamenco. Elle m'aurait chassée sur-le-champ du *castillo*. Comme elle l'a fait pour Maria.

— Elle a renvoyé Maria ? fit-il en fronçant les sourcils.

— Oui, murmura Eva en hochant tristement la tête. Elle n'aimait pas l'influence qu'elle avait sur moi.

— Tu n'étais qu'une *enfant* !

— J'avais dix ans quand elle est partie. Les deux années que j'ai passées avec elle ont été les plus heureuses de ma vie.

Puis Vidal était arrivé avec son père et Eva avait eu le sentiment de sortir d'un épais brouillard. C'est alors qu'elle s'était remise à pratiquer le flamenco toute seule. Comme pour tenter de canaliser ce qu'elle ressentait.

Le fait qu'il ait pu la voir dans ces moments-là la troublait d'autant plus que, alors, elle s'était prise à fantasmer qu'il la regarde… Le savait-elle inconsciemment ?

Elle se sentit soudain exposée comme jamais.

— Je ne danse plus, avoua-t-elle d'une voix faible.

— C'est dommage. Peut-être danseras-tu un jour à nouveau pour moi.

— Jamais, dit-elle en le fixant, la gorge nouée par l'émotion.

— Si vous voulez bien signer ici, mademoiselle Flores…

L'avocat lui tendit un stylo et Eva n'hésita qu'une fraction de seconde avant d'abandonner cette propriété qui appartenait à sa famille depuis des générations. Elle ne ressentait rien. Pas une once de culpabilité ou de tristesse. Elle était comme engourdie.

L'accord était plus que généreux. Ses dettes étaient effacées et elle avait la possibilité de prendre une participation dans la nouvelle entreprise, une fois que celle-ci serait opérationnelle.

Elle verrait plus tard. Elle était enfin libre. Pour la première fois de sa vie. Mais ce sentiment d'engourdissement persistait…

On frappa à la porte et elle releva les yeux en voyant Vidal entrer dans la pièce.

L'avocat se leva et ferma le dossier qui contenait tous les documents.

— Je crois que c'est tout, déclara-t-il. Il ne me reste plus qu'à m'entretenir avec le représentant de Mlle Flores à Madrid. Je vous ferai savoir s'il reste des détails à régler.

— Merci pour tout, répondit Vidal en le raccompagnant à la porte.

Eva eut le sentiment de recouvrer ses esprits en regardant Vidal, si beau dans son costume sur mesure. Ils se trouvaient dans ses bureaux du quartier central de Mission. Elle n'avait pas été surprise de constater qu'il avait choisi de s'installer au cœur de la ville, plutôt que dans les banlieues où étaient situées la plupart des entreprises de technologie.

— Merci, dit-elle à son tour, commençant à mesurer l'ampleur de ce qui venait de se jouer.

— Tu n'es pas émue à l'idée de renoncer à un héritage vieux de plusieurs siècles ? lui demanda-t-il une fois qu'ils furent seuls dans la pièce.

— Sincèrement ? Non. Ce n'était pas un endroit joyeux. Manifestement, ton père a vu son potentiel… et si tu parviens à lui faire retrouver sa splendeur d'antan pour que d'autres en profitent, alors ce sera bien.

Vidal croisa les bras en la regardant fixement.

— Tu as toujours eu l'air très satisfaite de ton rôle de future maîtresse du domaine. Tu prétends maintenant que tu n'étais pas heureuse ?

Quelle question… Eva ne savait même pas comment y répondre.

— Je ne connaissais rien d'autre. Le *castillo* était mon univers. Je n'avais pas conscience d'être heureuse ou malheureuse.

Ce n'était pas totalement vrai. Elle savait qu'elle s'était sentie heureuse à certains moments très précis : quand Vidal arrivait pour les vacances, quand elle dansait ou quand elle passait du temps avec Maria.

Avec sa mère en revanche, elle n'avait rien ressenti de tel. Seulement de la tension. Le sentiment d'être toujours sur ses gardes, la poitrine oppressée. Méfiante.

— Alors, que se passe-t-il maintenant ? fit-elle, soucieuse d'échapper à ces souvenirs pesants.

Vidal se leva.

— J'ai un programme assez chargé cette semaine, donc tu vas aller faire du shopping.

Elle sentit immédiatement une vague de panique la gagner.

— Mais, Vidal, je ne sais pas…

— J'ai engagé une styliste pour t'accompagner.

— Oh…, murmura-t-elle.

Elle aurait dû se sentir honteuse à l'idée d'exposer ainsi son manque de confiance en elle mais, au fond, elle était soulagée.

— Je lui ai fait parvenir une liste des événements auxquels nous assisterons. Elle s'occupera de tout. Je te retrouve pour déjeuner.

Eva ne put s'empêcher de rougir de plaisir à cette perspective.

— Oh ! mais tu n'es pas obligé. Je suis sûre que tu es très occupé…

— Tout va bien. J'ai réservé dans un restaurant très fréquenté. Il est bon que l'on nous voie ensemble le plus possible.

Elle réprima la pointe de déception qui l'avait gagnée. Bien entendu, il ne s'agissait que de consolider cette mascarade.

— Comment se fait-il que tu sois aussi paranoïaque au sujet de ce que tu portes en public ?

Eva soupira. Elle devinait qu'ils étaient mitraillés plus ou moins discrètement par une armée de paparazzis. Il faut dire qu'ils étaient particulièrement visibles, assis en terrasse dans l'un des restaurants les plus luxueux du front de mer.

— Précisément à cause de scénarios comme celui-ci, répondit-elle.

Vidal la regarda en silence, attendant manifestement qu'elle poursuive. Jusqu'à présent, ils avaient passé un moment agréable à discuter. La styliste devait retrouver Eva après le déjeuner pour une séance de shopping. En attendant, celle-ci s'était vêtue d'un pantalon évasé et d'un haut en soie merveilleusement confortable.

— Je t'ai raconté que, quand j'avais dix-huit ans, j'ai assisté à un anniversaire mondain et j'ai été ridiculisée par ma tenue. Je portais une robe que ma mère trouvait parfaite et qui était complètement démodée. Ce n'est qu'une fois sur place que j'ai compris à quel point j'étais déconnectée de… *tout*.

— C'est normal. Tu étais scolarisée à domicile et tu n'avais pas d'amis.

Elle leva les yeux vers lui. Décidément, il en savait trop à son sujet.

— Merci de ce rappel…

Vidal haussa les épaules comme si tout cela n'avait pas d'importance.

— Autrefois, j'avais de la peine pour toi. Mais tu me sortais invariablement une méchanceté pour me faire comprendre que tu n'avais pas besoin de moi.

S'il savait. Elle était juste devenue experte dans l'art de se protéger. Au cas où Vidal se rapprocherait trop. Et où sa mère déciderait de l'humilier à nouveau, comme lors de ce dîner.

Eva fut prise de culpabilité, comme à chaque fois qu'elle repensait à cet événement. Aussi, elle ne put s'empêcher de demander :

— Tu te souviens du soir où ma mère t'avait invité à dîner avec nous, avant que tu ne repartes pour l'université ?

— Eh bien ?

— J'ai toujours voulu m'excuser pour ce moment, murmura-t-elle. Je ne pensais pas qu'elle allait profiter de cette occasion pour t'humilier de la sorte. En parlant de toi comme si tu n'étais pas là. C'était… très pénible.

— Je me souviens que tu évitais mon regard. Pourquoi n'as-tu rien dit ?

— J'avais seize ans.

Elle s'était sentie comme une petite fille ce soir-là. Dépassée par les événements. Détestant l'attitude de sa mère sans savoir comment l'arrêter.

— Tu prétends donc que ta mère et toi n'étiez pas complices, c'est bien ça ? demanda Vidal en croquant dans une pomme.

— Sincèrement, ce que je ressens pour elle est complexe. Elle était tout ce que j'avais et je lui faisais confiance. Elle me dictait comment me comporter.

— Mon père me répétait souvent que ce n'était pas ta faute. Alors je te laissais le bénéfice du doute, mais à chaque fois tu me rejetais à nouveau.

— Je crois que je ne me rendais pas compte de ce que

je faisais, répliqua-t-elle, mal à l'aise. On ne m'avait jamais appris à agir autrement.

Il se pencha lentement vers elle en la regardant.

— Je pense que tu savais parfaitement ce que tu faisais. Et qu'à beaucoup d'égards, tu préférais me torturer plutôt que d'essayer d'être quelqu'un de bien.

Les mots de Vidal la transpercèrent comme une lame. Il était évident que, pour lui, elle s'était comportée ainsi par pure méchanceté. Pas parce qu'elle était contrainte par une mère toxique et qu'elle avait manqué de courage pour se fier à son propre instinct. Et il ne semblait pas prêt à réviser son opinion.

Qu'il aille au diable avec ses remarques. Au fond, il ne s'en souciait pas vraiment. Il ne se servait d'elle que pour arriver à ses fins. Elle devait garder à l'esprit qu'ils n'étaient ensemble que pour arranger leurs affaires respectives.

Elle prit donc l'expression la plus neutre possible et jeta un œil à son téléphone.

— C'est bientôt l'heure de mon rendez-vous avec la styliste. Je vais te laisser.

Mais avant qu'elle n'ait pu se lever, Vidal se pencha par-dessus la table et entrelaça ses doigts aux siens.

— Mais qu'est-ce…

Eva ne put achever sa phrase car il lui saisit le menton et l'embrassa fougueusement. Mais cette fois, ce n'était pas un baiser de cinéma pour faire plaisir aux photographes. C'était une étreinte profonde et passionnée qui eut raison de toutes ses défenses.

Le contact de sa langue contre la sienne fut dévastateur. Mais cela ne dura que quelques secondes. Vidal s'écarta, un sourire aux lèvres. Elle fut prise de vertige, mais alors il se leva de table en l'attirant vers lui.

Aussitôt, un serveur s'approcha d'eux.

— L'addition, monsieur Suarez ?

— S'il vous plaît, répondit celui-ci sans quitter Eva des yeux. Ma fiancée a un après-midi chargé.

Confuse, elle suivit Vidal hors du restaurant, consciente que toutes les têtes se tournaient à leur passage.

Ce n'est qu'une fois à l'extérieur qu'elle parvint à recouvrer ses esprits.

— C'était sournois de ta part ! s'exclama-t-elle.

— C'était juste une occasion de rendre nos fiançailles plus vraies que nature.

— Je t'en prie, préviens-moi la prochaine fois.

— Ça n'a pas eu l'air de te déranger, sur le moment, fit-il remarquer d'un ton taquin.

Une flamme de désir naquit au creux de ses jambes. Il avait raison … C'était bien là le problème.

— Tu n'as jamais entendu parler de la notion de consentement ? répliqua-t-elle.

Vidal s'approcha d'elle.

— Très bien. Permets-tu que je te prenne la main ?

— Pour quoi faire ? demanda-t-elle, suspicieuse, en glissant ses bras dans son dos.

— Parce que des journalistes sont en train de nous filmer de l'autre côté de la rue.

— Et que feras-tu avec ma main ?

— Je l'embrasserai tendrement, si tu n'y vois pas d'inconvénient.

Eva savait qu'ils devaient se comporter en amoureux, sinon à quoi bon cette mascarade ?

— D'accord, fit-elle. Mais plus de baiser sur la bouche.

Vidal porta la main d'Eva à ses lèvres.

— Il y a plein d'autres endroits où s'embrasser, chuchota-t-il. Ce n'est pas un problème.

Puis il ouvrit la paume de sa main et elle sentit la douceur de ses lèvres chaudes s'attardant longtemps contre sa peau. Quand il la caressa du bout de la langue, elle ne put réprimer un gémissement.

— Tu triches !

— On se voit à la maison tout à l'heure, dit-il en la laissant partir.

Eva maudissait encore Vidal, ce soir-là, en l'attendant dans le salon. Elle avait passé l'après-midi à ne penser qu'à ce qu'il lui avait dit, hantée par une série d'images scandaleuses où il embrassait différentes parties de son corps.

Et cela n'avait fait qu'empirer quand la styliste avait insisté pour qu'elles aillent dans un magasin de lingerie où elle avait découvert les plus jolis ensembles en dentelle fine qu'elle ait vus de sa vie. C'était à la fois scandaleux et ravissant.

La styliste en avait choisi une quantité astronomique qu'elle avait ajoutée à la collection croissante de boîtes et de sacs de marque qui s'empilaient à côté d'elles.

Eva était bien consciente que son agacement envers Vidal visait surtout à dissimuler sa nervosité à l'idée d'apparaître en public avec lui ce soir. Un bal de charité, apparemment, et l'un des événements annuels les plus prestigieux de San Francisco.

Elle entendit un bruit derrière elle et, quand elle se retourna, elle cessa de respirer. Vidal se tenait à quelques mètres, vêtu d'un smoking noir qui mettait parfaitement en valeur sa musculature puissante. Il était stupéfiant de beauté.

Il l'examina sans un mot des pieds à la tête. Aussitôt, Eva sentit son cœur s'emballer. La styliste et son armée de coiffeurs-maquilleurs avaient-ils bien travaillé ?

Leurs regards se croisèrent.

— Tu es éblouissante, Eva.

— Je… merci.

Elle avait craint que sa robe ne soit trop spectaculaire. Rouge et sans bretelles, celle-ci se composait d'un corsage serré et d'une jupe en soie qui tombait jusqu'à ses pieds.

« Je préférerais rester discrète », avait-elle confié à la styliste.

Celle-ci avait éclaté de rire.

« Aux côtés de Vidal Suarez ? Aucune chance. Peu de femmes peuvent se permettre de porter cette robe, mais sur vous elle sera parfaite, ne vous inquiétez pas. »

Ses cheveux étaient détachés et elle n'avait eu qu'un simple brushing. Dieu merci, elle était très peu maquillée.

— Nous devrions y aller, fit Vidal. Mon chauffeur nous attend.

— Toutes mes condoléances, ma chère. Votre mère était la plus jolie débutante de son année. Je m'en souviens très bien.

Quand la vieille dame s'éloigna, Eva se pencha vers Vidal.

— Je n'ai aucune idée de qui était cette personne.

— Mais *elle* sait qui tu es et c'est ce qui nous importe.

Il fronça les sourcils. *Voilà* pourquoi il avait fait le bon choix en décidant de garder Eva à ses côtés.

Après le déjeuner, une fois de plus, Vidal avait passé l'après-midi à se demander s'il avait eu raison de se fier à son instinct. Il ne s'attendait pas à ce que la jeune femme évoque le dîner humiliant auquel sa mère l'avait invité, ni à ce qu'elle exprime des remords. Encore maintenant, il lui arrivait de manquer d'assurance lors de repas mondains, craignant que l'on parle de lui dans son dos ou qu'on l'ignore.

Eva avait toujours eu le don de déclencher cela chez lui. Pourtant, elle avait clairement dévoilé sa vulnérabilité aujourd'hui, et Vidal commençait à se dire que les choses n'avaient pas été aussi simples que ce qu'il avait voulu croire.

Irrité par les questions qu'elle lui avait posées et par le masque lisse qu'elle avait arboré à la fin du déjeuner, il avait été pris d'une envie folle de l'embrasser. Pas seulement pour rendre plus vraie leur romance aux yeux du monde.

À présent, le bras d'Eva reposait sur le sien tandis qu'ils se frayaient un chemin à travers la foule. Il baissa les yeux vers elle et comprit aux traits tendus de son visage qu'elle était stressée. Non, plus que cela. Elle était effrayée.

« Je ne suis pas souvent sortie dans le monde. »

Pourtant, ce n'est pas l'impression qu'il avait eue d'elle, ces dernières années.

Ignorant sa conscience qui le tiraillait, il se pencha vers Eva.

— Tu as le droit de sourire, tu sais ?

Elle lui lança un regard surpris.

— Je ne souris pas ?

— Cela t'arrive rarement.

— Tu aurais dû choisir une autre fiancée, Vidal, plutôt qu'une femme au visage sérieux et fermé.

— Cela ne te va pas de t'apitoyer sur toi-même, Eva. Et puis, rappelle-toi que tu es la seule que je désire.

En la voyant rougir, il ressentit une satisfaction intense.

— Cela n'arrivera pas, Vidal.

Il secoua la tête.

— Tu ne devrais pas être aussi butée. Quoi qu'il en soit, ma victoire n'en sera que meilleure.

Après la soirée, Vidal travailla une heure dans son bureau. En allant se coucher, il passa devant la chambre d'Eva et constata que la porte était restée entrouverte. Il s'arrêta et jeta discrètement un œil à l'intérieur. Il aperçut la jeune femme, debout devant le miroir de sa salle de bains, vêtue d'une nuisette en soie.

Il mit un instant à comprendre qu'elle faisait des grimaces à son reflet. Non, pas des grimaces. Elle s'entraînait à sourire. Mais le résultat était forcé.

Puis, elle finit par soupirer de frustration et, après avoir tiré la langue à son image, elle éteignit la lumière.

Vidal s'éclipsa avec le sentiment de s'être immiscé dans quelque chose de très intime.

Un poids se logea dans son cœur cette nuit-là, qui l'empêcha de trouver le sommeil.

7.

Le reste de la semaine s'écoula paisiblement. Eva commençait à prendre ses marques dans cette nouvelle vie. Une vie qu'elle trouvait bien moins oppressante que tout ce qu'elle avait connu auparavant.

Elle aimait les grands espaces de la Californie et le caractère naturellement chaleureux de ses habitants. Elle avait pris l'habitude de se promener dans le quartier durant la journée quand Vidal travaillait et, la première fois qu'un passant l'avait saluée d'un « Hello ! » amical, elle n'avait su que répondre.

Il y avait un grand parc près de la maison et elle adorait s'y installer le matin, avec un *latte*, pour observer les passants. Après avoir été séquestrée dans le *castillo* durant la majeure partie de sa vie, cette activité était fascinante.

Elle regardait les mamans et les nounous qui accompagnaient leurs enfants sur l'aire de jeux. Les cris heureux des bambins perçaient l'air et la réjouissaient.

Eva ne se souvenait pas être jamais allée dans un tel endroit avant. Au fond, son enfance avait été triste et solitaire. Elle avait été privilégiée, sans l'ombre d'un doute, mais en voyant ces enfants jouer, elle ne pouvait s'empêcher de ressentir une douleur à l'idée de tout ce qu'elle avait manqué. Des petits bonheurs simples comme celui d'aller au parc.

Un matin, un gros chien poilu s'approcha d'elle. Elle lui sourit avant de lui gratter le sommet du crâne affectueusement. Il se frotta contre Eva pour réclamer d'autres caresses, mais une femme se précipita alors vers elle.

— Ollie, veux-tu laisser cette dame tranquille !

Elle attrapa l'animal par le collier et s'éloigna avec lui avant qu'Eva n'ait pu lui dire que cela ne la dérangeait pas.

— Je ne savais pas que tu aimais les chiens.

Elle faillit renverser son *latte* en apercevant Vidal devant elle, un café à la main.

— Je croyais que tu travaillais, lança-t-elle d'un ton accusateur pour camoufler son trouble.

— C'était le cas. Et puis, j'ai eu envie de te voir, et Santo m'a dit que tu étais allée te promener.

Il prit place sur le banc, à côté d'elle, et elle lui jeta un regard en coin. Il portait un pantalon en coton et une chemise aux manches retroussées, sans cravate. Elle regarda autour d'elle et constata l'effet qu'il produisait sur les autres femmes du parc…

— J'aime bien venir ici. Tout le monde est si amical. La serveuse du café me connaît déjà par mon prénom, alors que je n'y vais que depuis quelques jours. Là où je travaillais à Madrid, personne ne savait comment je m'appelais au bout d'un an.

Elle s'interrompit quelques secondes.

— J'ai toujours voulu un chien, ajouta-t-elle.

— Au *castillo*, tu aurais facilement pu en avoir une dizaine.

— Ce n'était pas une option. Mon père les avait en horreur et, après son départ, ma mère n'était pas en mesure de penser à un sujet aussi frivole.

Elle tourna la tête vers lui.

— Tu avais besoin de moi ? Je croyais que nous ne sortions que ce soir.

— Tout va bien. J'ai juste repéré quelque chose sur Internet que tu devrais voir…

Eva prit le téléphone portable qu'il lui tendait et son cœur se glaça d'horreur en voyant ce qui était affiché sur l'écran. Une photo d'elle et de son père, lors de cette soirée à Londres, quelques années auparavant. Elle souriait, mais elle avait le regard d'une biche prise dans les phares d'une voiture.

— C'était inévitable que les paparazzis fouillent dans ton passé. D'ailleurs, on dirait que c'est tout ce qu'ils ont pu trouver… Eva, regarde-moi, ajouta Vidal.

Elle se tourna vers lui à contrecœur.

— J'ai besoin de savoir s'il y a quelque chose de fâcheux qui pourrait sortir.

Eva lui rendit son téléphone. Elle avait froid, tout à coup.

— Il n'y a rien à révéler, déclara-t-elle d'une voix morne. Tout est là. Le résumé complet de ma vie mondaine.

— Il va falloir que tu sois plus précise.

Elle le fixa avant de détourner le regard.

— Tu crains que ça ne corresponde pas à ce que tu avais imaginé à mon sujet ?

Vidal soupira.

— Si j'ai pu imaginer quoi que ce soit à partir de cette photographie, je ne pense pas m'être entièrement trompé. L'image est assez accablante.

— J'ai en mémoire quelques photos de toi où tu ne valais pas mieux ! s'exclama-t-elle, sur la défensive.

— J'ai un peu déraillé pendant une période, admit-il. D'où mon besoin de faire bonne figure à présent.

— Pourquoi as-tu agi comme ça ? L'argent et la gloire t'étaient montés à la tête ?

— Ce n'est pas aussi simple. Mon père venait de mourir et, pendant un temps, je me suis senti un peu… perdu. Je me suis demandé à quoi cela pouvait bien servir de suivre les règles quand personne dans la vie ne se souciait plus de toi. Ma période d'apitoiement sur moi-même, je suppose…

Le cœur d'Eva se serra. Elle connaissait bien ce sentiment.

— Je comprends, fit-elle doucement.

Ils ne dirent rien durant un long moment. Puis, Eva prit la parole, sans même s'en rendre compte.

— Peu de temps après votre départ du *castillo*, je me suis rendue à Londres pour supplier mon père de nous aider. Je n'ai pas prévenu ma mère car elle me l'aurait interdit. Il m'a reçue à son bureau et ne m'a même pas invitée chez lui.

Elle s'interrompit quelques secondes et prit une grande inspiration.

— Quand il a vu à quel point j'étais désespérée, il m'a promis son soutien si je lui faisais une faveur. Celle-ci consistait à l'accompagner à une fête. Il m'a logée dans un grand hôtel pour la nuit et a demandé à une styliste de passer pour me fournir une tenue. Mais quand cette dernière est arrivée, elle n'avait apporté que cette robe.

— Continue.

— La robe était si indécente que j'ai refusé de la mettre, poursuivit-elle en évitant le regard de Vidal. Mon père est venu me chercher en me prévenant que je devais arrêter de faire des caprices si je voulais son aide. Je me suis donc résolue à l'accompagner. Au début, tout s'est bien passé et, même si j'étais horriblement mal à l'aise, je me suis dit que j'avais exagéré. Puis au bout d'un moment, je me suis aperçue qu'il y avait surtout des hommes à cette soirée, et que les femmes qui étaient présentes n'avaient pas l'air d'être des épouses ni des petites amies.

— Elles avaient été embauchées, fit Vidal d'une voix sinistre.

Eva sursauta et lui jeta un regard en coin.

— Comment le sais-tu ?

— Parce que j'ai déjà assisté à ce genre de soirée.

Elle eut soudain la nausée.

— Je n'ai pas compris ce qui se passait jusqu'à ce que mon père me présente à un homme et me demande de l'accompagner dans une cabine privée. Là, le type a commencé à me toucher puis il a mis sa main entre mes cuisses. Je lui ai jeté mon verre de champagne au visage et j'ai couru retrouver mon père. J'étais en larmes, bouleversée. Mais il m'a seulement déclaré que, si je n'étais pas capable de divertir son ami, il ne ferait rien pour moi.

— Qu'as-tu fait ?

— Je suis partie bien sûr. Je suis rentrée en Espagne et je n'ai rien dit. Depuis, je n'ai plus jamais parlé à mon père.

Le visage de Vidal était blême.

— Il a essayé de te prostituer.

— Oui.

— Je te demande pardon d'avoir mal interprété la situation. Je pensais que tu assistais à une soirée mondaine avec des amis.

Surprise qu'il la croie aussi vite, Eva sentit une vague de chaleur naître au creux de sa poitrine.

— Je n'en ai jamais parlé à personne. Et j'ai cru mourir quand cette photo est sortie sur Internet.

— Ta mère ne l'a jamais su ?

Eva secoua la tête.

— Peu de temps après, sa santé mentale a commencé à décliner et j'ai dû m'occuper d'elle à plein temps. Jusqu'à sa mort.

Vidal resta silencieux un long moment.

— La vérité est un peu moins glamour que ce que tu as imaginé, reprit-elle, le regard perdu dans le lointain.

— Alors tu n'as jamais vraiment été dans la jet-set ?

— Non, fit-elle en se tournant vers lui. Peut-être que cela change ta vision sur ce que je pourrais… t'apporter ?

— Je suis un self-made man issu de la classe ouvrière. Peu importe ce que ton absence de la scène sociale peut laisser paraître, ton nom reste un atout.

— Même avec les fréquentations douteuses de mon père ?

— Il n'est malheureusement pas différent de beaucoup d'hommes de ce monde. C'est répréhensible, mais on ne peut plus banal.

— C'est répugnant !

— Ça a dû être très pénible pour toi.

Elle refoula le souvenir du sentiment d'humiliation et de honte qui l'avait accablée.

Vidal hocha la tête en direction de l'aire de jeux d'où s'élevait le babillage des petits.

— Je ne pensais pas que quelqu'un comme toi aimerait la proximité des enfants.

Si seulement sa remarque ne lui faisait pas aussi mal…

Cela lui rappela une des rares occasions où sa mère l'avait amenée à Madrid. Elles s'étaient promenées dans les ruelles étroites de la ville. Fascinée, Eva avait observé une famille en train de déjeuner dans une petite cour. Un bébé sur les genoux de sa grand-mère. Un père grondant affectueusement un petit garçon qui courait autour de la table en riant. Elle avait secrètement envié cette famille et ces scènes banales d'une vie quotidienne dont elle ignorait tout.

— Je n'aurai jamais d'enfant, murmura-t-elle en regardant Vidal. Comment le pourrais-je alors que ma propre mère s'est à peine occupée de moi ?

— Et pourtant, tu persistes à venir ici tous les jours.

Décidément, cet homme perçait tous ses secrets.

— Et toi, aimerais-tu en avoir un jour ? lui demanda-t-elle, le cœur battant.

— J'ai toujours voulu une famille. J'étais fils unique. Ma mère n'a pas pu avoir d'autre enfant après moi.

— Je suis désolée. Je l'ignorais.

— J'aimerais en avoir au moins deux ou trois.

Avec la femme qu'il aimerait. Puisqu'il croyait en l'amour.

Le téléphone de Vidal se mit à sonner et il jeta un coup d'œil à l'écran avant de se lever.

— Je dois y aller. Santo nous attend pour le déjeuner.

— Je te rejoins bientôt.

Elle le regarda partir de sa démarche féline. Elle avait besoin d'un peu de temps pour recouvrer ses esprits après leur échange intense.

Vidal avait raison. Elle était venue en cet endroit pour s'imprégner des images et du son joyeux des enfants qui jouaient.

Eva se leva brusquement et quitta le parc. Elle risquait d'oublier les leçons qu'elle avait retenues de la vie. Les sentiments maternels n'étaient pas pour elle. Se languir de cela était complaisant et dangereux. Vidal avait le don de révéler ses faiblesses mais, à partir de maintenant, elle saurait se protéger.

— C'est un événement organisé par l'ambassadeur d'Espagne pour célébrer l'art et la culture de notre pays.

Ils étaient sur la banquette arrière de la limousine et Eva venait de s'informer sur la soirée à laquelle ils se rendaient. Elle portait pour l'occasion une spectaculaire robe de bal noire sans bretelles. L'équipe de coiffure et de maquillage avait enroulé ses cheveux en un élégant chignon, et des rubis ornaient son cou et ses oreilles. Vidal resplendissait quant à lui dans un nouveau smoking noir qui lui allait à merveille. C'était manifestement l'événement le plus chic auquel ils assistaient depuis leurs débuts dans la haute société de San Francisco, près de dix jours auparavant.

Eva s'était convaincue qu'elle parviendrait à résister au magnétisme de Vidal mais, depuis deux jours, cela devenait de plus en plus difficile.

Elle baissa les yeux vers ses mains, posées sagement sur ses genoux. Elles étaient douces et propres. Ses ongles soigneusement limés et polis étaient vernis d'un rouge étincelant, tout comme ses ongles de pied.

Vidal avait fait venir à la maison un peu plus tôt une manucure-pédicure. Bien qu'elle sache que c'était seulement pour la rendre plus sophistiquée, Eva avait été touchée par cette intention.

Elle leva une main vers lui en agitant les doigts.

— Merci. Je n'aurais jamais pu faire un aussi joli travail.

Vidal contempla ses mains, dépourvues de bijoux à l'exception de la bague de fiançailles qui brillait de mille feux.

— Je t'en prie. Comme je te l'ai dit, Eva, tu n'es pas faite pour avoir des mains d'ouvrière. Je ne fais que rétablir l'ordre naturel des choses.

La remettre sur son piédestal ? Elle frémit à cette pensée.

— Je pense avoir prouvé que je ne suis pas opposée à un peu de travail manuel…

Il inclina la tête.

— Je te l'accorde. Jamais je n'aurais imaginé que tu deviennes un jour femme de chambre.

Avant qu'Eva ne trouve une réponse spirituelle, la limousine fit halte devant un grand bâtiment, l'un des musées de la ville, orné d'un tapis rouge et de lumières aux couleurs du drapeau espagnol.

Des femmes en robe longue parées de bijoux précieux montaient les marches, accompagnées de leurs cavaliers en costume.

Une fois à l'intérieur, Vidal guida habilement Eva à travers la foule après lui avoir offert une coupe de champagne.

Ils s'arrêtèrent près d'un couple dont la femme adressa un sourire chaleureux à Eva. Celle-ci lui rendit son sourire et remarqua alors que la jeune femme, qui avait à peu près son âge, portait un appareil auditif. Elle reposa sa coupe de champagne et lui toucha le bras pour attirer son attention. Puis elle lui fit quelques signes de la main.

Le visage de son interlocutrice s'éclaira d'un sourire lumineux.

« Tu connais le langage des signes ! C'est incroyable ! »

Eva grimaça.

« Seulement quelques mots. »

Mais avec le peu qu'elle savait et aidées de la lecture sur les lèvres, elles parvinrent à avoir une vraie conversation. La jeune femme s'appelait Sophia et elle était là avec son mari pour un voyage d'affaires. Ils habitaient New York. Lorsque le couple les quitta pour aller rejoindre d'autres amis, Eva la salua chaleureusement, ravie de cette rencontre. Sophia lui avait même proposé de leur rendre visite à New York.

Mais quand elle leva les yeux vers Vidal, elle ne put réprimer un frisson en croisant son regard intense fixé sur elle.

— Pourquoi me regardes-tu comme ça ?

— Depuis quand parles-tu le langage des signes ?

— J'avais une amie, au travail. Ma seule amie, en fait. Elle était partiellement sourde et j'ai voulu qu'elle m'apprenne à communiquer avec elle. Ce n'est pas si compliqué, au fond.

— Sais-tu qui étaient ces gens ? demanda Vidal.

— Je n'en ai pas la moindre idée. Je sais juste que la femme s'appelle Sophia et qu'ils vivent à New York. Pourquoi me demandes-tu ça ?

— Son mari est l'un des jeunes associés de la société dont j'espère obtenir un investissement.

Eva ouvrit de grands yeux.

— Mon Dieu, ai-je fait… quelque chose de mal ?

Vidal secoua la tête, l'air abasourdi.

— Au contraire, il a dit que tu étais la première personne à faire l'effort de communiquer avec son épouse. As-tu d'autres compétences comme celle-là que j'ignorerais ?

Elle secoua la tête en manquant d'éclater de rire devant l'air stupéfait de Vidal.

— Pas que je sache.

Il passa le reste de la soirée à la surveiller d'un air méfiant, comme s'il s'attendait à une autre surprise de sa part. Elle s'en moqua car, en vérité, elle commençait à s'amuser. Ces soirées étaient tellement moins guindées que celles, peu nombreuses, auxquelles elle avait assisté dans son pays.

Soudain, un son au rythme familier s'éleva dans l'espace et Eva s'immobilisa, comme figée. Du flamenco. Un spectacle avait lieu dans une autre pièce et, fascinée, elle suivit la musique, puis se tint debout au fond de la salle, le cœur battant.

Vidal l'incita à s'asseoir et elle obtempéra avec le sentiment d'être plongée dans un rêve. Cela lui rappelait tant de souvenirs de sa chère Maria.

« J'avais l'habitude de te regarder. »

Vidal. Il la regardait encore en cet instant. Soudain, elle se sentit gênée. Son cœur battait trop fort. Il était chargé de trop de souvenirs et de désir pour lui. C'est sûrement le flamenco qui faisait naître ces émotions.

Elle détourna ses yeux du spectacle pour regarder Vidal.

— Je suis désolée. Tu as sûrement des gens à rencontrer. Retournons à la soirée. Peut-être pourras-tu reparler au mari de Sophia.

— Tu es certaine que ça ne te dérange pas ?

— Non, ne t'inquiète pas.

Il lui prit la main et ils se replongèrent dans la foule. Quand il lâcha sa main pour glisser son bras autour de sa taille, elle sentit la brûlure de ce contact à travers l'étoffe en soie de sa robe, qui lui parut soudain bien fine.

Dans la voiture qui les ramenait chez eux, un peu plus tard, Eva ressentait encore le rythme de la musique qui pulsait dans ses veines. Loin d'être fatiguée, elle était en proie à une sorte d'agitation insouciante. Comme si quelque chose avait changé ce soir et qu'un mur s'était effondré. Un mur invisible qui l'empêchait de céder à Vidal.

L'atmosphère entre eux était électrique. Eva tenta désespérément de se convaincre que tout cela était le fruit de son imagination. Vidal percevait si facilement le désir qu'elle éprouvait pour lui…

Elle enleva ses chaussures dès qu'ils furent entrés dans la maison.

— Je vais prendre un dernier verre à l'étage, dit Vidal. Tu es la bienvenue si tu veux te joindre à moi.

— Merci, mais je suis… fatiguée, répondit-elle un peu trop vite. Je vais me coucher.

Lâche, susurra une petite voix dans sa tête.

Elle décida de l'ignorer. C'était de l'auto-préservation, pas de la lâcheté.

— Comme tu voudras. Bonne nuit, Eva.

En chemin vers sa chambre, elle se demanda pourquoi elle luttait à ce point contre son désir. Serait-ce si mal de céder à Vidal ? De lui offrir cet instant de gloire ? Après tout, cela lui permettrait peut-être de soulager cette agitation qui ne la laissait pas en paix…

Quand elle entra dans la pièce, un paquet posé sur son lit attira son attention. Elle s'approcha et, en découvrant de quoi il s'agissait, elle fut d'abord décontenancée. Puis une colère sourde monta en elle.

Alors qu'elle passait son temps à se torturer, Vidal se jouait d'elle. Il se moquait de la petite fille riche qu'elle avait été, régnant sur le *castillo* comme une princesse avant de sombrer dans la déchéance et de devenir femme de chambre dans un hôtel…

Elle attrapa le paquet et se rendit à l'étage, où elle tomba sur Vidal qui lui tournait le dos. Il avait enlevé sa veste et elle s'immobilisa, fascinée par sa carrure athlétique.

Il se retourna et elle brandit le paquet devant lui.

— Qu'est-ce que c'est que ça ? interrogea-t-elle en soutenant son regard.

— Une robe de flamenco.

— Je vois bien. C'est écrit dessus.

— Dans ce cas, pourquoi me le demandes-tu ?

Elle eut envie de taper du pied, comme une petite fille en colère.

— Qu'est-ce que ça fait dans ma chambre ?

— J'ai pensé que ça te ferait plaisir.

— Pourquoi ? Tu espérais un spectacle privé ?

Il haussa les épaules, l'air indifférent.

— C'est juste un cadeau, Eva. Fais-en ce que tu veux.

Elle se sentit vaciller.

— Tu veux un spectacle ? Eh bien, je vais t'en offrir un. Comme ça, tu pourras rire une bonne fois, c'est ça ?

Sans attendre sa réponse, elle fit volte-face et retourna dans sa chambre, portée par une rage qu'elle ne comprenait même pas. Elle enleva sa robe de bal et la posa sur une chaise. Puis elle ôta un à un ses bijoux et les rangea dans leur cassette. Alors, seulement, elle ouvrit le paquet et contempla la robe de flamenco. Celle-ci était blanche à pois noirs, assortie de volants superposés en bas. À l'époque où elle dansait seule et en cachette, Eva aurait rêvé en avoir une comme celle-là. C'est peut-être pour cette raison qu'elle avait eu cette réaction primitive en la découvrant.

Elle enfila la robe, qui était parfaitement ajustée. Le bas du vêtement était lourd. Elle l'attrapa d'une main et se redressa avec le port d'une danseuse. Sa colère s'était évanouie, remplacée par une sorte de mélancolie.

— Elle te va bien.

Surprise, Eva tourna la tête et aperçut Vidal. Il se tenait dans l'embrasure de la porte.

— Essaie les chaussures, ajouta-t-il.

— Il y en a aussi ?

Elle regarda au pied du lit et vit une paire d'escarpins noirs de flamenco. Elle les mit et constata qu'ils étaient exactement à sa taille.

— Maria m'en avait offert au *castillo.* Au bout d'un an, elles étaient devenues trop petites mais je continuais à les mettre, même si elles me faisaient mal.

— J'ai simplement eu envie de t'offrir ce cadeau après ce que tu m'avais raconté, expliqua Vidal. La commande a dû être livrée pendant que nous étions sortis. C'est une simple coïncidence.

Eva sentit l'émotion la gagner.

— Tu veux bien danser pour moi ? demanda-t-il doucement.

Elle hésita. C'est vrai, quelques instants auparavant, sous l'effet de la colère, elle lui avait annoncé qu'elle le ferait…

— Maintenant ?

— Pourquoi pas ?

— Mais je n'ai pas dansé depuis des années…

— Je suis sûr que ça te reviendra.

Une part d'elle était curieuse de savoir si elle se souviendrait de la chorégraphie qu'elle avait apprise, jour après jour. Troublée, elle imagina Vidal la regarder danser. Ne l'avait-elle pas fantasmé en secret ?

— Je… C'est d'accord.

De toute façon, elle n'aurait pas pu se ridiculiser davantage devant lui. Elle le suivit à l'étage. Le sol de la terrasse était parfait pour les chaussures. Eva fit quelques pas pour retrouver ses anciens réflexes. Talon, orteils… orteils, talon. Elle n'osait pas regarder Vidal.

Elle parcourut l'espace durant un long moment, concentrée, puis un rythme familier monta du plus profond de son être. Elle n'avait pas besoin de musique. Le flamenco était inscrit dans son sang. Dans son âme.

Elle souleva le bord de sa robe tandis que le mouvement de ses pieds prenait un rythme régulier. Lent au début puis de plus en plus rapide. Elle commença à bouger, d'avant en arrière. Les volants de la robe tombèrent vers le sol et elle se laissa aller, exactement comme elle l'avait fait, des années auparavant.

Vidal était hypnotisé. Comme il avait pu l'être lorsqu'il observait Eva alors qu'elle n'était qu'une adolescente aux longues jambes maigres. Elle avait toujours été gracieuse mais, quand elle dansait, cela surpassait tout ce qu'il avait vu de plus beau dans sa vie.

Elle avait l'habitude de s'entraîner pendant des heures. Encore et encore. Jusqu'à l'épuisement. Il savait que, s'il l'avait avertie de sa présence, elle ne le lui aurait jamais pardonné. Cette nouvelle facette d'Eva le fascinait. C'était tellement à l'opposé de tout ce qu'elle était.

Et même maintenant, alors qu'elle n'avait pas pratiqué la danse depuis si longtemps, Eva s'imprégnait du rythme et des pas comme seule une personne réellement douée pourrait le faire. Son corps retrouvait naturellement les postures traditionnelles du flamenco, avec le dos arqué, et le mouvement si particulier des bras et des mains.

La robe moulante mettait en valeur la sensualité d'Eva. Mais ce n'était pas une danse de séduction. C'était une danse qui narguait le désir des hommes en valorisant la puissance des femmes.

Une fois de plus, elle se moquait de lui. Rien n'avait changé. Et il ne pouvait même pas lui en vouloir car, cette fois, c'est lui qui lui avait offert la robe. Et qui l'avait invitée à danser pour lui.

Pourtant, à chaque mouvement d'Eva, de ses pieds et de ses talons, Vidal sentait son contrôle vaciller.

Eva s'arrêta, à bout de souffle. Ses cheveux détachés s'enroulaient en mèches humides autour de son visage et de ses épaules. Comme si elle sortait d'une transe, elle aperçut soudain Vidal à quelques pas d'elle, les bras croisés. Il la fixait, adossé à la balustrade, l'air grave. Presque sévère.

La puissance de la danse battait encore dans son sang. Elle se sentait forte, mais déstabilisée, comme si elle avait besoin de quelque chose de plus. Et soudain, ce fut clair dans son esprit.

Elle avait besoin de lui.

Ce désir palpitait sur chaque centimètre de son corps. Elle avait eu envie de lui depuis le début. Et cette flamme ne faiblissait pas.

Non, songea-t-elle. Ce n'était pas possible. Ce serait trop douloureux. *N'y pense même pas. Protège-toi.*

Mais il était trop tard. Le temps de la prudence était passé.

Comme s'il devinait ce qui la consumait, Vidal s'avança vers elle. Au fond, il n'avait pas l'air sévère. Seulement déstabilisé. Comme si une barrière de protection lui avait été arrachée. Il était aussi exposé qu'elle. Mis à nu. Et cette pensée résonna profondément en elle. Ils avaient besoin de la même chose.

— Je ne poserai pas un doigt sur toi si tu ne me le demandes pas, Eva, dit-il à voix basse sans la quitter des yeux.

Elle ne pouvait détacher son regard de la bouche de Vidal. Large et ferme. Magnifique.

Mais le souvenir de son rejet lui revint en mémoire et elle fit un pas en arrière.

— Et si tout cela n'était pour toi qu'une occasion de m'humilier ? murmura-t-elle. Si je m'expose, me repousseras-tu à nouveau ?

Il serra les mâchoires.

— Tu étais trop jeune, Eva. Trop jeune pour ce que je voulais.

Elle avança vers lui sans même s'en rendre compte.

— Et que voulais-tu ?

Elle plongea ses yeux dans ceux de Vidal. Ils avaient la couleur de la mer déchaînée. C'était follement excitant.

— Je voulais t'embrasser jusqu'à ce que tu ne puisses plus dire un seul mot méchant. Que tu ne puisses plus respirer. Je voulais mettre à nu ce corps avec lequel tu m'avais nargué tout l'été. Prendre tes seins dans mes mains. Goûter tes tétons… les mordre. Dévorer cette bouche impudente. Je voulais explorer ton intimité et sentir à quel point tu me désirais.

Elle crut défaillir en entendant ces mots si crus.

— Je…

Elle se tut, soudain nerveuse. Allait-elle capituler si facilement ? Lui offrir sur un plateau son moment de triomphe ? Elle savait qu'elle le désirait plus que tout autre homme au monde. D'ailleurs, la simple idée qu'il ne soit pas le premier à la toucher lui faisait horreur.

Ce n'était en rien une capitulation, contrairement à ce qu'il pensait.

C'était son salut.

— Eva, si tu préfères…

— Non, c'est ce que je veux. J'ai envie de toi, Vidal.

J'ai eu envie de toi dès le premier jour.

— Tu es sûre ? demanda-t-il, l'air méfiant.

Elle releva le menton, consciente qu'il détestait cela, et elle lui jeta un regard interrogateur.

— C'est peut-être toi qui hésites à présent, n'est-ce pas, Vidi ?

Il blêmit légèrement.

— Ne m'appelle pas comme ça.

— Alors fais-moi l'amour, et je ne le ferai plus.

— Sorcière, souffla-t-il en l'attirant à lui jusqu'à ce que ses seins s'écrasent contre son torse.

Il plongea une main dans la masse de ses cheveux et fit basculer sa tête en arrière, tout en la maintenant de l'autre main par la taille.

Le souffle court, elle gémit doucement.

— Vidal, s'il te plaît…

— J'aime que tu me supplies.

Avant qu'elle puisse répliquer que ce n'était pas le cas, il plaqua sa bouche sur la sienne en un baiser profond et elle perdit ce qu'il lui restait de volonté. Ses jambes vacillèrent et il la souleva contre lui.

Il caressa sa langue avec la sienne, mordillant ses lèvres. Puis il fit glisser sa main et elle devina qu'il soulevait doucement le bas de sa robe. Une vague de chaleur plus intense que jamais naquit au creux de ses cuisses quand il posa une main sur sa culotte en dentelle.

Eva pencha la tête, le regard flou, et cessa de respirer. Toute son attention était portée sur ce que Vidal allait faire. Très délicatement, il écarta le sous-vêtement en soie et glissa ses doigts au cœur de son intimité. Elle trembla de plaisir tandis qu'il poursuivait son exploration savante sans la quitter des yeux. Elle se mit à respirer plus vite, plus fort. Elle s'en moquait. La seule chose qui comptait était cette spirale de sensations qu'il créait entre ses jambes. Le plaisir monta jusqu'à devenir intolérable et, quand il explosa en elle, elle cria, entraînée par des vagues si intenses qu'elle serait tombée si Vidal ne la tenait pas fermement.

Il la prit dans ses bras tandis qu'elle flottait dans un état de transe merveilleusement agréable et la conduisit à travers la maison jusqu'à sa chambre. Puis il la déposa doucement sur son lit.

Eva leva les yeux vers Vidal qui commençait à déboutonner sa chemise.

Elle se releva, les jambes encore un peu flageolantes.

— Attends, laisse-moi faire…

8.

Eva avait répondu si intensément à son désir que Vidal en était bouleversé. Même dans ses fantasmes les plus fous, jamais il n'avait imaginé qu'une femme d'apparence si glaciale puisse se transformer en cette bombe de sensualité. À peine l'avait-il effleurée qu'elle avait fondu dans ses bras et joui sous ses caresses.

Alors qu'elle finissait de déboutonner sa chemise, une alarme se déclencha dans sa tête. Il saisit ses mains dans les siennes et, quand elle leva les yeux vers lui, il faillit encore perdre tout contrôle.

Ses cheveux soyeux tombaient en cascade autour de son visage jusqu'à ses épaules. Ses lèvres étaient gonflées de désir, ses joues étaient roses et ses yeux, brillants.

Exactement comme il l'avait imaginée. Plus encore…

Mais il avait besoin d'en avoir le cœur net.

— Eva, attends. Quand tu dis que tu n'as pas beaucoup fréquenté de monde, ça veut dire que tu n'as jamais… été avec un homme ?

Au moment même où il posa la question, il sut la réponse. Il la devina à la réaction de la jeune femme. À sa façon de détourner le regard, l'air soudain tendu.

Il était stupéfait de l'apprendre mais, après tout, rien chez Eva n'était tel qu'il l'avait prévu.

Il lui releva doucement le menton pour qu'elle le regarde et il surprit dans ses yeux un éclair fugace de vulnérabilité. Son cœur se serra.

— Quelle importance si je n'ai pas d'expérience ? lança-t-elle d'un air de défi. Tu vas me repousser à nouveau, c'est ça ?

Il secoua la tête.

— Certainement pas. Tu n'es plus celle d'autrefois.

Ce n'était pas le moment de songer au passé. Pas quand tout son corps était sur le point de s'enflammer.

— Continue ce que tu faisais, dit-il.

Elle attendit quelques secondes, un peu confuse, puis elle défit le dernier bouton de la chemise de Vidal avant de la faire tomber au sol.

Avec des gestes timides, elle posa ses mains sur son torse et commença à le caresser très doucement. Cette façon qu'elle avait de le toucher… il risquait d'exploser d'une seconde à l'autre.

— J'ai souvent rêvé que je faisais ça, murmura-t-elle. Je te regardais…

— Je sais, répliqua-t-il d'une voix rauque.

— Je voulais… je voulais te parler autrement. Mais je ne savais pas comment. Ma mère me répétait à longueur de temps que je n'étais pas censée te…

— Me traiter en égal ?

— Quelque chose comme ça.

Il lui saisit le menton pour qu'elle le regarde.

— Nous sommes égaux, à présent.

— Tu le penses vraiment ?

La fragilité qu'il perçut dans sa voix lui serra davantage le cœur. Il se concentra pour reporter son attention sur le désir physique. Il ne voulait pas avoir une conversation avec cette femme. Il la voulait, simplement. Mais déjà, il avait l'impression que le sol se dérobait sous ses pieds et qu'il n'était pas capable de garder son équilibre.

Il l'embrassa. Eva était si douce… Il l'avait deviné depuis longtemps, malgré ses commentaires acerbes et son air hautain, mais il ne s'était pas attendu à ce qu'elle le soit à ce point. Impatiente, mais retenue. Audacieuse, mais timide.

Il abaissa lentement la fermeture Éclair de sa robe, qui

tomba doucement sur ses hanches. Elle portait un soutien-gorge sans bretelles qui ne parvenait pas à cacher le renflement de ses seins parfaitement dessinés. Il fit glisser la robe jusqu'au sol, révélant une petite culotte en dentelle assortie.

Son sexe était si dur de désir qu'il lui faisait mal. Eva se tenait debout près du lit. Il contempla sa silhouette élancée et ses courbes gracieuses. Il pensa à la façon dont leurs corps allaient s'accorder et il devina que ce serait parfait. Et explosif. D'une manière qu'il n'avait jamais connue auparavant.

Il s'avança vers elle en défaisant la boucle de sa ceinture. Puis il enleva son pantalon et son caleçon, et se tint nu devant elle. Eva baissa les yeux vers son membre dressé et ses joues rosirent. Il comprit à sa respiration saccadée qu'elle était excitée. Il posa la main sur les hanches de la jeune femme et la retourna pour dégrafer son soutien-gorge. Puis il se baissa et lui enleva sa petite culotte.

Il recula ensuite sans un mot. Il attendait ce moment depuis si longtemps. Eva Flores, nue devant lui. Prête à se soumettre à son désir.

— Tourne-toi, dit-il.

Il sortit de sa transe en se rendant compte qu'elle tremblait légèrement. Plutôt que de se réjouir de la tournure des événements, il fut pris d'une envie soudaine de la rassurer.

Il l'attira doucement à lui et elle soutint son regard. Le courage dont elle faisait preuve l'émut plus qu'il ne le souhaitait.

— Tu es belle, murmura-t-il.

— Toi aussi, tu es beau.

— Allonge-toi sur le lit.

Elle obtempéra et il vint se placer à côté d'elle. Puis, il entreprit d'explorer son corps en caressant doucement chaque centimètre de sa peau avec ses mains et sa bouche, de ses pieds à son cou en passant par la pointe de ses seins. Jusqu'à ce qu'elle gémisse et le supplie en se tordant, noyée dans le plaisir.

Alors, avant de perdre à son tour complètement la tête, il attrapa un préservatif et le déroula le long de son sexe durci.

Puis il se positionna entre ses jambes et elle leva les yeux vers lui, pleine de désir et de confiance.

Il refoula la pointe de souffrance qui l'oppressait et lui sourit.

— Ça va peut-être faire un peu mal au début mais tout va s'arranger, je te le promets.

Elle hocha la tête, ses mains posées sur son torse. S'offrant entièrement à lui.

Il la pénétra très lentement, s'efforçant de refréner son envie de s'enfoncer profondément pour se perdre en elle.

Elle était plus exquise que toutes les femmes qu'il avait connues dans sa vie. Jamais il n'avait vécu cela. À un moment, il la sentit se crisper et il s'immobilisa. Il pouvait sentir le corps d'Eva accepter lentement le sien. Et se détendre peu à peu.

— Ça va ? demanda-t-il.

Elle acquiesça, les yeux grands ouverts.

Il s'enfonça plus profondément, petit à petit. Jusqu'à ce qu'il ne sache plus où il finissait et où elle commençait. Il fut incapable de bouger pendant un long moment, cherchant à reprendre le contrôle.

Eva remua et il se maudit en silence.

— Vidal, je vais bien…

Il faillit éclater de rire. Il ne pouvait pas en dire autant de lui-même. Étonnamment, c'est comme s'il était à nouveau vierge. Comme si c'était sa première fois et qu'il essayait de ne pas se ridiculiser.

Il recommença à bouger en elle. De longs va-et-vient réguliers. La laissant s'habituer à lui. Elle respira plus vite quand il alla encore plus loin.

Peu à peu, la retenue disparut, laissant place à des mouvements plus rapides et profonds, chacun faisant monter davantage leur plaisir. Eva bougeait ses hanches en rythme avec Vidal qui la poussait, pour qu'elle atteigne l'orgasme avant lui.

Le corps de la jeune femme était couvert de sueur. Elle s'agrippa à lui de toutes ses forces en tremblant et il eut l'impression de voir des étoiles en la pénétrant encore plus fort. Soudain, elle s'immobilisa et ce fut comme si une vague puissante traversait tout son corps, l'emportant avec elle alors qu'ils jouissaient ensemble, vague après vague, noyés dans un plaisir intense et étourdissant.

Vidal s'effondra sur Eva, à bout de forces. Elle enroula ses jambes autour de ses hanches pour le garder profondément en elle. Encore dur. Il sentit la pointe de ses seins fermes contre sa poitrine. Elle était aussi essoufflée que lui.

Il souleva la tête au prix d'un effort extrême.

— Ça va ? murmura-t-il en la regardant.

Des mèches de cheveux étaient collées sur le front d'Eva. Elle avait les joues roses, et les yeux, encore brumeux. Elle sembla lentement revenir à elle et lui adressa un sourire.

— Ça se passe toujours comme ça ? demanda-t-elle d'une voix enrouée.

Il aurait aimé avoir le courage de répondre que c'était tout le temps ainsi, mais il était encore en elle et n'avait pas tout à fait retrouvé ses esprits, alors il opta pour la vérité.

— Non, rarement.

Eva n'était pas sûre de savoir combien de temps elle avait dormi. Une nuit ? Une semaine ? Un mois ? Quand elle ouvrit les yeux, elle était dans son propre lit et les rideaux étaient entrouverts. Vidal avait dû la ramener dans sa chambre. Elle frémit. Cela signifiait-il qu'il n'avait pas voulu de sa présence après… ?

Après… Elle ne parvenait pas à rationaliser ce qui s'était produit au-delà de l'acte physique. Sa première expérience avait été si intense qu'elle n'avait pu s'empêcher de demander à Vidal si cela se passait toujours de cette façon.

Elle grimaça. Peut-être l'avait-il ramenée jusque dans sa chambre parce qu'il était gêné de sa naïveté. Elle souleva les couvertures et gémit en constatant qu'elle ne portait pas de vêtements. Il l'avait donc transportée nue dans ses bras. Après avoir savouré sa victoire…

Elle aperçut un peignoir qu'on avait déposé sur le bord de

son lit. Elle se leva et le passa en constatant que les muscles de ses cuisses étaient endoloris. Dans la salle de bains, elle jeta un œil à son reflet dans le miroir et ouvrit de grands yeux en voyant ses cheveux en bataille et le maquillage qui avait coulé sur ses joues.

Avait-elle pleuré la nuit dernière ? Des larmes d'extase et de joie ?

Elle prit une douche brûlante pour tenter d'effacer les traces de cette humiliation. Elle grimaça en touchant les points sensibles de son corps. Ses seins, ses cuisses, entre ses jambes… Elle repensa à la puissance de Vidal quand il entrait en elle. Cette sensation de serrement qui avait évolué jusqu'au plaisir extrême.

Pas étonnant que les gens deviennent accros au sexe. Elle n'avait fait l'amour qu'une fois mais elle avait déjà envie de recommencer…

Elle finit par sortir de la douche, sachant qu'elle devrait faire face à Vidal tôt ou tard. Alors qu'elle espérait qu'il serait parti au bureau ce matin, elle tomba directement sur lui en entrant dans la cuisine. Il était tranquillement en train de déjeuner.

Déjeuner ? Elle avait donc dormi toute la matinée après avoir sombré dans le sommeil, épuisée par le plaisir… Encore plus humiliant.

Elle prit place en face de lui. Santo ne tarda pas à arriver et déposa devant elle une salade fraîchement préparée. Terriblement gênée, elle le remercia sans le regarder. Elle évita également de se tourner vers Vidal. Elle avait remarqué en entrant qu'il portait un polo à manches courtes et qu'il semblait très détendu. Pour lui, tout cela devait être parfaitement banal…

— Comment vas-tu ?

Elle faillit laisser tomber sa fourchette et prit une grande inspiration avant d'oser croiser son regard.

Il se pencha vers elle et caressa délicatement un coin de son menton.

— Tu es un peu irritée, ici, reprit-il. Je crois qu'il va falloir que je me rase.

Elle rougit. Elle avait remarqué la légère trace laissée par la rugosité de sa barbe. La marque de Vidal. Elle en avait d'autres sur le corps. Ça l'excitait.

— Ce n'est rien…

— Je ne suis pas allé au bureau aujourd'hui. Je voulais m'assurer tu allais bien après notre nuit… intense.

Elle fut secrètement rassurée par ce qu'il venait de dire.

— Tu as trouvé cela intense ?

— Oui, Eva, même si j'aurais aimé pouvoir prétendre le contraire…

Elle soupira, soulagée. Si Vidal avait voulu la déstabiliser, il n'aurait eu qu'un mot à dire. Elle se força à manger un peu de salade mais elle n'avait pas d'appétit. Son esprit était accaparé par les souvenirs brûlants de la veille. Leurs cœurs à l'unisson, leurs peaux moites collées l'une contre l'autre.

Confuse, elle lâcha son couteau qui tomba au sol. Vidal se pencha pour le ramasser et, au moment de le lui rendre, il lui attrapa la main.

— Je pense que tu es aussi troublée que moi par ce qui est arrivé, dit-il.

Elle jeta un œil à l'assiette de Vidal. Lui non plus n'avait presque rien mangé. Elle le regarda. Ses yeux aigue-marine brûlaient de désir.

Un frisson d'excitation la parcourut.

— Est-ce qu'on peut… ?

Leurs doigts s'entrelacèrent par-dessus la table.

— On peut faire tout ce qu'on veut.

Il tira sur sa main pour la faire se lever et l'emmener hors de la cuisine.

— Mais… et le déjeuner ?

— Nous déjeunerons plus tard.

— Nous n'avions pas quelque chose de prévu aujourd'hui ?

— J'ai annulé.

Dans la chambre de Vidal, le lit était fait. Eva rougit en

apercevant sa robe de la veille, accrochée à un cintre contre la porte.

— Tu as mal quelque part ? souffla-t-il à voix basse dans son dos.

Elle se retourna, et secoua la tête timidement.

— C'est juste un peu sensible par endroits.

Vidal s'approcha d'elle et attrapa une mèche de ses cheveux qu'il enroula autour de son doigt.

— Tu te souviens quand je t'ai dit qu'il y avait plein d'autres endroits où t'embrasser que sur la bouche ?

Elle respira plus rapidement et hocha lentement la tête.

— Alors déshabille-toi et allonge-toi sur le lit. Je vais te montrer exactement ce que ça veut dire.

Quelques heures plus tard, Vidal contemplait Eva, couchée dans son lit. Elle dormait sur le ventre, un drap remonté jusqu'aux hanches et un bras le long de son visage. Toujours aussi gracieuse, même plongée dans le sommeil.

Il avait eu l'intention d'aller à son bureau ce matin-là mais, voyant que la jeune femme ne se levait pas, il avait décidé de rester à la maison pour s'assurer qu'elle allait bien. Il faut dire que leurs ébats avaient été… incroyables. Et pas seulement parce qu'elle était vierge. Cela avait surpassé ses fantasmes les plus fous. Quand Eva s'était endormie, il avait passé un long moment à la regarder, comme maintenant.

Il était émerveillé par ce qui venait de se passer.

L'accomplissement de tant de choses.

Elle était vierge.

Depuis qu'il l'avait rencontrée, cette femme avait sans cesse déjoué ses attentes. Il pensait tout savoir d'elle mais, en vérité, la connaissait-il vraiment ?

La veille, l'envie de s'emparer d'elle à nouveau était si forte qu'il avait préféré la porter jusqu'à son lit pour qu'elle se repose. Elle ne s'en était même pas rendu compte. Il avait un peu culpabilisé à l'idée qu'elle se réveille seule le lendemain, mais après tout, il n'avait pas pour habitude de dormir avec ses maîtresses.

Elle n'est pas comme les autres.

Raison de plus pour s'assurer qu'il n'y ait aucune ambiguïté sur le rôle qu'elle devait jouer.

Il s'était donc dit qu'il attendrait le déjeuner et qu'il partirait au bureau ensuite. Mais quand elle était apparue dans la cuisine, il avait su immédiatement qu'il n'irait nulle part.

En quelques minutes, ils étaient de retour dans sa chambre, et pour la première fois de sa vie, Vidal avait fait passer son désir avant ses obligations professionnelles. Pour s'offrir un après-midi de plaisirs sans limites.

Eva représentait un mélange enivrant de novice et de séductrice expérimentée.

Il n'avait qu'une envie, se coucher à côté d'elle et rester là jusqu'à ce qu'elle se réveille, mais cette fois encore, ignorant sa conscience, il la prit dans ses bras et alla la déposer doucement dans sa chambre.

Une semaine passa, peut-être deux. Eva n'en était pas sûre. Elle vivait dans une sorte de songe. Elle se levait tard le matin, mangeait, lisait, nageait ou se promenait dans le parc. Vidal rentrait et ils sortaient en ville puis, dans un délai le plus respectable possible, ils quittaient l'événement auquel ils assistaient, rentraient à la maison et…

Elle rougit en se rappelant leur nuit précédente et s'adossa à l'un des fauteuils de la terrasse.

À peine étaient-ils entrés dans la maison que, incapables d'attendre d'avoir atteint la chambre, ils avaient fait l'amour sur le palier du premier étage. Leurs vêtements éparpillés sur le sol, comme des adolescents. Eva avait dû se lever à l'aube pour aller les ramasser, de peur que Santo ou Michael ne tombent dessus avant elle.

De toute façon, elle avait pris l'habitude de se lever tôt lorsqu'elle avait compris que Vidal préférait qu'elle ne dorme pas dans son lit toute la nuit. Peu importe. Après tout, cela l'aidait à garder une certaine distance, même si cette dernière partait en poussière dès qu'elle posait les yeux sur lui.

Eva enfouit sa tête entre ses genoux. Vidal n'avait plus besoin de lui dire de sourire, elle le faisait sans cesse. Jamais elle ne s'était sentie aussi légère. Comme si un poids lui avait été ôté des épaules. Pour la première fois de sa vie, elle avait le sentiment d'avoir vraiment son âge. Elle se sentait jeune et libre, et sa vie était devant elle.

Souviens-toi pourquoi tu es là, lui murmura une petite voix.

Son sourire s'estompa. Elle n'avait pas oublié les bases de leur accord. Ni le fait que Vidal ait pu ressentir un certain besoin de se venger. Et de lui faire payer les méchancetés qu'elle lui avait fait subir dans sa jeunesse.

Pourtant, ces derniers jours, elle avait l'impression que quelque chose avait changé. Comme s'ils avaient tourné la page. Et que…

Et que quoi ? Rappelle-toi que cet homme a déclaré qu'il se marierait par amour et que tu étais la dernière femme qu'il épouserait.

Eva se renfrogna.

Soudain, elle entendit un bruit et tourna la tête. Vidal s'avançait vers elle, un whisky à la main.

Elle se redressa, toujours un peu intimidée par sa présence.

— Bonsoir…

— Bonsoir. Est-ce que je peux t'offrir un verre ?

— Avec plaisir. Si tu veux savoir, j'ai passé l'après-midi à nous concocter un bon dîner pour ce soir, déclara-t-elle en se levant.

Ignorant l'expression incrédule de Vidal, elle descendit à la cuisine, consciente qu'il la suivait.

Elle se rappela soudain qu'elle était vêtue d'un simple legging et d'une chemise ample. Elle se retourna et fit un geste en direction de ses vêtements.

— Je profite du fait que nous ne sortions pas ce soir… j'espère que ça ne te dérange pas…

— Pas du tout. Je veux que tu te sentes chez toi ici. Aussi longtemps que tu seras là.

« Aussi longtemps que tu seras là. »

Le cœur d'Eva se serra. Leur histoire était limitée à leur accord. Il n'aurait pas pu être plus clair à ce sujet.

Dans la cuisine, elle alluma le four ultramoderne.

— Ça ne prendra qu'une minute à réchauffer.

— J'ai déjà dîné.

Elle s'immobilisa.

— Oh ! Tu ne m'avais pas prévenue…

— J'aurais dû ?

— Non… c'est juste que nous n'avions rien prévu ce soir.

— Et donc, tu as cuisiné ?

Elle sentit l'irritation la gagner. Était-ce si improbable ?

— Oui, il se trouve que j'aime beaucoup ça.

— Depuis quand cuisines-tu ?

— Depuis que je n'ai pas le choix. Il a bien fallu nourrir ma mère quand nos domestiques sont partis. Et puis, Maria m'avait appris quelques recettes quand j'étais petite.

— Où est Santo ?

— Je lui ai donné sa soirée. C'est l'anniversaire de son compagnon aujourd'hui.

— Eh bien, comme je te l'ai dit, j'ai déjà dîné. Vas-y. De toute façon, j'ai plusieurs coups de fil à passer.

Il s'apprêtait à quitter la pièce quand Eva, sur un coup de tête, attrapa un morceau de pain et le lança sur lui. Il s'arrêta et se retourna. Elle se retint d'éclater de rire malgré son agacement.

— Que me vaut ce plaisir ?

Elle leva le menton.

— C'est pour te punir. Tu aurais pu avoir la courtoisie de me prévenir que tu dînais dehors. Pour une fois que nous étions libres, je m'étais dit que ce serait sympa de partager un bon repas à la maison.

Vidal s'approcha d'elle, l'air grave.

— Je n'ai pas l'habitude des dîners « faits maison ».

— Ce sera peut-être le cas quand tu seras marié, rétorqua-t-elle en croisant les bras.

Pourquoi avait-elle parlé de ça ?

— C'est fort probable. Et je suis sûr que je les apprécierai.

— Mais pas avec moi, n'est-ce pas ?

— Notre relation n'a rien à voir avec ça.

— Oh ! Tu veux dire que j'ai franchi des limites invisibles ?

— J'ai un chef et un intendant. Tu n'es pas ici pour remplacer l'un ou l'autre.

— Dis plutôt que tu ne t'intéresses à moi que pour le sexe.

Comme c'était ridicule d'être blessée par sa remarque. Au fond, Vidal s'était toujours montré rigoureusement honnête sur ses attentes vis-à-vis d'elle. Dire que, quelques instants plus tôt, elle s'était prise à rêvasser en imaginant que leur relation était en train d'évoluer. Ce qu'elle avait pu être naïve…

— Tu m'as accusée d'avoir été méchante, Vidal, mais tu sais quoi ? C'est toi qui n'es pas gentil en ce moment. En fait, tu n'es qu'un…

Elle ne put finir sa phrase car il plaqua sa bouche contre la sienne dans un baiser aussi ardent que profond. Elle sentit qu'elle fondait à nouveau dans ses bras. Mais quand il s'écarta, elle lui lança un regard accusateur.

— Pourquoi as-tu fait ça ?

— Afin de te rappeler la raison pour laquelle nous sommes ici ensemble.

— Faire des affaires et en tirer des bénéfices, je sais, répliqua-t-elle d'un ton amer. Avec une petite part de vengeance en bonus…

— Bon sang, Eva. Nous n'allons pas jouer à la famille parfaite. Je ferai ça avec ma femme.

Elle sourit pour cacher sa souffrance. Car en cet instant, la douleur qu'elle ressentait était indescriptible.

— Et si celle dont tu tombes amoureux n'aime pas cuisiner ?

— Si je l'aime, ça n'aura pas d'importance, fit-il. J'ai du personnel pour ça.

— Je ne t'aime *pas du tout* en ce moment.

— Je n'ai pas besoin que tu m'aimes.

La tension entre eux était palpable, électrique. Quelques minutes auparavant, Eva avait hâte de dîner. À présent, sa faim s'était volatilisée. Remplacée par une autre sorte d'appétit… qui mêlait luxure et colère.

Elle éteignit le four et commença à déboutonner sa chemise en le fixant. D'ailleurs c'était celle de Vidal, qu'elle avait portée comme une petite amie romantique et idiote. Furieuse contre elle-même, elle s'en débarrassa et la jeta rageusement au sol.

Le regard de Vidal s'enflamma quand il constata qu'elle ne portait pas de soutien-gorge.

— Nous voilà enfin sur la même longueur d'onde, dit-il.

Il s'approcha et la souleva sans effort pour la déposer sur l'îlot central de la cuisine. Eva écarta ses jambes et il vint se glisser entre elles. Elle sentit la fermeté de son sexe pressé contre elle et, quand il pencha la tête pour venir mordiller la pointe dure d'un de ses seins, elle sut qu'elle pouvait compter au moins sur cela. L'effet qu'elle produisait sur lui. Il n'y avait aucun doute là-dessus.

Quand Vidal se réveilla le lendemain matin, le soleil brillait déjà à travers les fenêtres de sa chambre. L'espace d'une seconde, il fut désorienté. D'habitude, il se levait beaucoup plus tôt. Son corps était lourd et repu. Rassasié. Pourtant, il avait encore faim. Une sensation qu'il n'avait connue qu'avec Eva.

Eva.

Le lit était vide à côté de lui. C'était toujours le cas le matin. Comme si la jeune femme avait compris après la première nuit, quand il l'avait ramenée dans son propre lit ; et depuis, chaque soir, elle partait avant qu'il ne se réveille.

Au lieu de lui faire plaisir, cela le déstabilisait.

Une part de lui aurait-elle voulu la trouver à son réveil, blottie contre lui, leurs jambes entrelacées ? *Peut-être*, se dit-il avec colère en repoussant les couvertures, *mais seulement pour pouvoir lui faire l'amour à nouveau.*

Sous le jet brûlant de la douche, quelques instants plus tard, il repensa à la soirée de la veille. Eva avait raison, il avait été impoli. Grossier, même, d'une manière qu'il n'aurait tolérée de personne.

Pendant des années, il lui avait reproché de mal se comporter, mais hier c'est lui qui avait été odieux. Tout cela parce qu'en traversant la maison pour venir à sa rencontre il avait remarqué, pour la première fois, des détails qui l'avaient troublé. Ses sandales posées près de la porte. Un bouquet de fleurs sur la table de la salle à manger. Un châle oublié sur le dossier d'un canapé. Un livre ouvert sur une table basse. Tous ces petits signes qui témoignaient de la présence d'une femme chez lui. Une *compagne*. Pas une amante temporaire.

Alors quand il l'avait aperçue sur la terrasse, vêtue d'une de ses chemises et d'un legging qui moulait ses longues jambes, les cheveux détachés et plus sexy que jamais, il l'avait trouvée terriblement provocante.

En apprenant qu'elle avait préparé elle-même le dîner, il avait réagi comme un mufle et avait perdu son sang-froid. Car il ignorait comment se comporter avec cette Eva qui le surprenait et le déconcertait à chaque instant.

Vidal émit un juron et éteignit la douche. Rien que de penser à cette femme, son corps réagissait.

Sa libido était hors de contrôle et elle ne semblait pas vouloir se calmer. Bien au contraire…

Une inquiétude sourde le gagna. Il aurait dû moins la désirer à présent. C'était le cas généralement, au bout d'un certain temps avec ses maîtresses. Pas avec elle.

Il enfila un jean et une chemise puis sortit de sa chambre.

Il trouva Eva dans la cuisine, de dos, vêtue d'une longue robe en coton. Ses cheveux étaient tressés pour ne pas la gêner. Il sut que la jeune femme avait deviné sa présence à la façon dont son corps se tendit.

— Je te dois des excuses, marmonna-t-il.

Elle posa le grand Tupperware qu'elle avait dans la main et se tourna vers lui, surprise.

— Pourquoi ?

— Tu avais préparé un dîner et j'ai été impoli.

Elle détourna le regard en haussant les épaules.

— Cela n'a pas d'importance. J'aurais dû t'envoyer un message pour te prévenir.

— Qu'es-tu en train de faire ?

Elle plaça un couvercle sur le bol en plastique.

— J'emballe le dîner d'hier soir pour Santo. Il a un accord avec une association qui vient en aide aux sans-abri.

— Ah, fit Vidal, soudain mal à l'aise.

Pourquoi n'était-il pas au courant ? Comment Eva le savait-elle et, surtout, depuis quand s'intéressait-elle aux autres ?

Il serra les mâchoires. La situation avait clairement dérapé. Soudain, Vidal sut exactement ce qu'il devait faire pour mettre cet épisode derrière lui afin qu'ils puissent tous deux passer à autre chose.

9.

— Tu veux que nous partions où ? demanda Eva, incrédule.

— Dans ma maison à Hawaï. À Maui, pour être plus précis. Je dois aller vérifier quelques problèmes de maintenance, et des amis organisent une fête là-bas. C'est seulement pour quelques jours.

Elle sentit son cœur s'emballer.

— Je… Ai-je le choix ?

— Tu as toujours le choix, Eva.

Elle savait que ce n'était pas vrai. Pas vraiment. Mais après tout, jamais elle n'aurait une autre occasion d'aller dans un tel endroit avec Vidal. Que risquait-elle ? Elle était déjà si profondément impliquée dans sa relation avec cet homme…

Alors, elle feignit la nonchalance et haussa les épaules en souriant.

— Super ! Quand partons-nous ?

— Dans une heure.

— Une heure ??

Il faisait encore jour quand ils atterrirent à Maui, trois heures plus tard. L'île était un paradis vert et luxuriant. Eva n'avait jamais rien vu d'aussi beau.

Un chauffeur les conduisit jusqu'à la maison de Vidal, nichée dans les collines. Eva sortit de la voiture et, stupéfaite, elle contempla la vue spectaculaire sur la mer. Vidal s'approcha sans un mot.

— C'est merveilleux ! s'exclama-t-elle en souriant.

Il lui prit la main.

— Viens. Je vais te faire visiter.

Il la guida dans la magnifique maison en bois clair. Le parquet, fraîchement ciré, brillait de propreté. Les fenêtres étaient ouvertes et les rideaux de mousseline flottaient doucement dans la brise tiède. Le mobilier rustique était simple mais confortable. La cuisine et la salle à manger donnaient sur une terrasse extérieure. Eva aperçut une piscine à débordement entourée de buissons fleuris dans le jardin en contrebas.

Un oiseau multicolore voleta à travers la maison et elle sursauta, surprise.

— Tu t'y habitueras, murmura Vidal en souriant. Ici, la faune et la flore sont omniprésentes.

Il la mena à l'étage, où se trouvaient les chambres, équipées chacune d'une salle de bains. Les lits massifs étaient recouverts de draps en lin parfaitement repassés.

À son grand désarroi, Eva sentit une profonde émotion la gagner. Ce lieu était exactement comme dans ses rêves. Les larmes affleurèrent à ses yeux. Elle n'allait quand même pas fondre en larmes !

— Hé, tout va bien ? demanda Vidal.

— Oui… j'ai juste une poussière dans l'œil.

Vidal serra le poing. Avait-il commis une erreur ? L'espace d'un instant, il aurait juré qu'Eva était en train de pleurer. Le pire, c'est qu'il comprenait parfaitement ce que la jeune femme ressentait car lui-même avait été submergé d'émotions en arrivant ici pour la première fois.

Son plan était pourtant à toute épreuve.

Il avait prévu d'amener Eva ici pour se rassasier d'elle jusqu'à ce qu'il se lasse. Du sexe pur.

Mais à peine étaient-ils arrivés qu'il avait le sentiment que la situation lui échappait déjà.

Il recula de quelques pas.

— Voici ta chambre. La mienne est au bout du couloir.

Elle évita son regard et se dirigea vers les portes-fenêtres qui donnaient sur un balcon.

— C'est magnifique, murmura-t-elle d'une voix enrouée.

Le cœur de Vidal se serra. Alors qu'il était sur le point de lui demander à nouveau si elle allait bien, une voix aiguë retentit depuis l'entrée de la maison.

— Coucou ! Il y a quelqu'un ?

Eva se retourna. Que lui arrivait-il ? Elle avait failli pleurer dans les bras de Vidal à cause de la vue magnifique et de la sérénité de cet endroit…

Une femme apparut sur le seuil de la porte, un sourire éclairant son visage rond. Elle salua chaleureusement Vidal d'une accolade et d'un baiser. Eva rougit, gênée.

— Chelle, voici Eva Flores. Eva, je te présente Chelle, mon amie, intrépide gouvernante, cheffe cuisinière et fouineuse, qui n'hésite pas à donner des leçons de vie dès qu'elle en a l'occasion.

Eva se sentit ridiculement coincée face à l'effervescence naturelle de l'autre femme. Tout à coup, elle eut l'impression que tous les progrès qu'elle avait accomplis en terme de sociabilisation depuis son arrivée en Amérique n'étaient qu'une goutte d'eau, comparés au chemin qu'il lui restait à parcourir en la matière.

Elle tendit la main en adressant un sourire forcé à leur visiteuse.

— Ravie de faire ta connaissance, Chelle, dit-elle d'une voix mal assurée.

Mais la chaleur qu'elle lut en retour dans le sourire de la gouvernante l'émut tellement qu'elle eut à nouveau envie de pleurer.

— J'ai laissé quelques bricoles à grignoter en bas et je repasserai plus tard pour préparer le dîner, déclara la femme d'un ton vif. Hal passera demain matin à la première heure pour faire le point sur les tâches à accomplir. Hal est mon mari, ajouta-t-elle à l'adresse d'Eva.

— Et ils viennent d'accueillir le bébé numéro trois, ajouta Vidal avec un sourire lumineux.

— Félicitations ! s'exclama Eva. Est-ce un garçon ou une fille ?

— Une fille, répondit Chelle en souriant. Nous l'avons appelée Lucy.

— Tu rencontreras toute la famille à la soirée, précisa Vidal.

— Une soirée ? répéta Eva en le regardant, confuse.

— Hal fête ses quarante ans ce week-end. C'est l'événement dont je t'avais parlé.

— Mais oui, bien sûr…

Eva avait pensé à une soirée mondaine, pas à une fête entre amis. Cette perspective était presque plus effrayante.

— C'est absolument délicieux, dit Eva.

Chelle leur avait préparé un festin de charcuterie, fromages, pains et salade, ainsi qu'une bouteille de vin blanc bien frais.

Vidal était assis avec elle autour de l'îlot central de la cuisine et une brise tiède circulait autour d'eux, apportant les senteurs boisées du jardin.

— Pourquoi as-tu acheté une maison ici ? demanda-t-elle.

— Pourquoi pas ? C'est magnifique, non ?

— C'est vrai mais pourquoi ici, précisément ?

— Ma mère rêvait de partir en croisière avec mon père à leur retraite pour découvrir le monde. Hawaï était une destination dont elle parlait souvent.

— Ils sont déjà venus ?

Vidal eut un petit rire.

— Ils n'ont jamais quitté l'Espagne. C'est pour cette raison qu'elle m'a autant poussé à réussir dans mes études. Elle voulait que je sois libre de voyager où je le souhaitais.

— Elle avait l'air d'être une personne merveilleuse.

— Oui…

Eva se souvint d'une inscription qu'elle avait vue en entrant.

— Est-ce pour cela que tu as appelé la maison *Casa Inez* ? C'était son prénom ?

Vidal hocha la tête en silence.

— C'est un très joli hommage, murmura-t-elle, émue. Je suis désolée qu'elle n'ait pas vécu assez longtemps pour voir la maison.

— Moi aussi.

— Je ne m'imagine pas donner le nom de ma mère à quoi que ce soit…

Il lui jeta un regard perçant.

— Tu n'es pas triste qu'elle soit morte ?

Elle le regarda, choquée.

— Si, bien sûr. Je l'aimais…, ajouta-t-elle en se mordant la lèvre. Mais honnêtement, je dois reconnaître que j'ai éprouvé un sentiment de… libération. Notre relation était compliquée. Je peux voir maintenant à quel point elle était malheureuse et comme cela affectait sa santé mentale. Sur la fin, elle refusait de quitter le *castillo*, même pour se faire soigner. Quand elle a eu des douleurs à la poitrine, j'ai appelé les secours, mais le temps qu'ils arrivent, elle avait succombé à une crise cardiaque.

— Je l'ignorais. Ça a dû être traumatisant.

— Oui… d'ailleurs peu après, j'ai suivi une formation sur les premiers secours. Pour ne plus jamais me sentir aussi impuissante.

À sa grande surprise, Vidal lui prit la main.

— Je sais ce que c'est que de voir un être cher mourir sans pouvoir rien faire.

— Merci.

Un instant léger et délicat s'écoula sans qu'ils ne prononcent un mot. Puis Vidal lâcha doucement sa main.

— J'ai quelques coups de fil à passer au bureau, dit-il. Tu devrais aller faire un tour ou te reposer au bord de la piscine.

— Bonne idée, répliqua-t-elle en souriant.

C'est vrai, un moment seule lui ferait du bien pour se

remettre de ses émotions. Alors qu'il quittait la pièce, la main sur la porte, Vidal se tourna soudain vers elle.

— Tu allais bien tout à l'heure ? Je t'ai trouvée bizarre avec Chelle…

— Oui, très bien, s'exclama Eva, confuse. C'est juste que, parfois, je ne sais pas trop comment me comporter avec les gens. Elle a l'air si gentille et amicale.

— Elle l'est. Elle n'a pas une once de méchanceté en elle. C'est le cas de la plupart des personnes que tu rencontreras ici, d'ailleurs, acheva-t-il avant de sortir.

Eva ne put s'empêcher de prendre ses paroles pour un avertissement. *Comporte-toi bien avec mes amis.*

Il ne lui faisait toujours pas confiance.

Elle aurait dû s'en moquer, mais ce n'était pas le cas.

Quand Vidal sortit de la piscine au coucher du soleil, il admira la vue qui s'offrait à lui. Celle d'Eva allongée sur un transat, en maillot. Sa peau légèrement dorée brillait sous l'effet de la crème solaire. Ses cheveux attachés en chignon mettaient en valeur son cou gracile.

Il déposa sa serviette sur la chaise longue à côté d'elle et s'assit. Elle leva ses yeux brun doré vers lui. C'était fou de penser qu'il les avait trouvés froids. À présent, quand elle le regardait, il n'y lisait que de la chaleur.

Elle se redressa sur un coude, légèrement somnolente.

— Quelle heure est-il ?

— Cinq heures. Chelle sera là d'ici une heure pour préparer le dîner.

— D'accord. Je vais aller me changer.

Vidal posa une main sur son ventre.

— Pas tout de suite, murmura-t-il. J'ai d'autres projets pour l'heure à venir.

— Vraiment ? fit-elle, le souffle un peu court.

— Oui.

Il passa les doigts sous la bretelle de son maillot et fit

lentement glisser celui-ci jusqu'à sa taille, exposant ses seins magnifiques. Puis il en prit un dans chaque paume en pressant ses tétons. Eva se cambra en gémissant de plaisir.

Elle tendit la main vers Vidal et caressa doucement son sexe durci à travers le coton de son short de bain. Il la mit debout et entreprit de les déshabiller tous les deux.

— Sais-tu combien de fois j'ai fantasmé à ton sujet dans la piscine du *castillo* ? chuchota-t-il quand ils furent nus tous les deux.

Elle secoua la tête et il lui prit la main pour la conduire vers les marches qui descendaient dans la piscine.

Eva était encore un peu somnolente après sa sieste quand Vidal l'entraîna dans l'eau délicieusement fraîche. Le ciel avait pris une teinte pourpre et le chant nocturne des oiseaux tropicaux retentissait autour d'eux. Dans ce décor paradisiaque, elle eut l'impression qu'ils étaient Adam et Ève. L'eau caressa son corps et, lorsqu'elle n'eut plus pied, elle enroula ses jambes autour de la taille de Vidal et s'abandonna dans ce rêve merveilleux.

Ce n'est que plus tard, de retour dans sa chambre, le corps entier frissonnant encore après ce moment de folie, que la vérité s'imposa à elle dans une clarté absolue.

Elle était amoureuse de Vidal.

Cela lui sembla fou. Elle ne savait même pas ce qu'était l'amour. Elle n'avait connu que l'affection toxique de sa mère. Et personne d'autre ne l'avait jamais aimée. À part Maria, peut-être.

Ce qu'elle ressentait pour Vidal ne pouvait donc pas être de l'amour. C'était de l'engouement, induit par le désir. Rien de plus.

Vidal ne l'aimait certainement pas. Il serait mort de rire s'il savait qu'elle pensait être tombée amoureuse de lui.

Ravi d'avoir accompli la phase ultime de sa vengeance…

Elle chassa cette idée de son esprit et se contempla dans

le miroir. Elle portait une longue robe rouge à bretelles et des sandales. Ses cheveux étaient détachés.

Vidal n'était pas dans la cuisine. En revanche, elle tomba sur Chelle qui lui sourit en la voyant.

— Viens m'aider, lui dit-elle. Tu veux bien couper les champignons qui sont sur cette planche ?

— Avec plaisir, répondit Eva, heureuse de se sentir utile.

En quelques minutes, les deux femmes engagèrent naturellement la conversation. Eva se confia même au sujet du *castillo* et de sa mère.

— Cet endroit paraît tout droit sorti d'un roman gothique ! s'exclama Chelle. En revanche, l'ambiance n'avait pas l'air très chaleureuse…, ajouta-t-elle en lui prenant affectueusement le bras.

Eva éclata de rire.

— Ah non ! C'était même tout le contraire.

Leur conversation intime et joyeuse se poursuivit autour d'un verre de vin. Eva ne remarqua Vidal qui se tenait dans l'embrasure de la porte que lorsque celui-ci prit la parole.

— Alors comme ça, on fraternise avec le personnel ?

Chelle tourna la tête vers lui et lui lança un morceau de poivron vert qu'il attrapa habilement avant de le manger.

— Ne t'inquiète pas, déclara la cuisinière. Grâce à mon commis ici présent, le dîner sera bientôt prêt et je vais pouvoir prendre congé.

Et au bout de quelques minutes en effet, elle s'éclipsa en leur adressant un signe amical de la main.

La table était joliment dressée sur la terrasse et éclairée de bougies. Eva apporta leurs assiettes ainsi que la bouteille de vin. Vidal portait une chemise blanche impeccable sur un jean délavé. Il était plus sexy que jamais.

— Tu n'avais pas besoin d'aider à préparer le repas, fit-il quand ils se furent assis.

— Ça ne m'a pas dérangée, répliqua-t-elle. Je t'ai dit que j'aimais faire la cuisine, même si je suis loin d'être aussi douée que Chelle.

— C'est une cheffe diplômée.

— C'est ce qu'elle me racontait, dit Eva en avalant une bouchée délicieuse de risotto aux fruits de mer, suivie d'une gorgée de vin. Et toi alors, tu n'aimes pas cuisiner ?

— Je n'en ai jamais eu vraiment l'occasion. J'étais soit en pension, soit à l'université ou au *castillo* avec mon père.

— Et ensuite, tu as gagné des millions, donc tu as pu t'offrir les services d'un chef.

— Voilà…

Ils se turent un instant, puis Eva posa sa fourchette. La nuit autour d'eux était douce comme du coton.

— Tu sais, je t'envie…

Vidal plaça une main sur son torse dans un geste théâtral.

— Toi, la princesse du *castillo*, tu m'envies *moi* ?

— Ne m'appelle pas comme ça, je t'en prie, murmura-t-elle.

— C'est noté, fit-il en prenant son verre pour trinquer avec elle. Alors dis-moi, de quoi m'envies-tu ?

— Le fait que tu sois allé à l'université. J'en ai toujours rêvé.

— Tu aurais pu y aller.

— Je n'en avais pas les moyens, répliqua-t-elle en secouant la tête. Et je n'étais pas brillante comme toi. J'ai quitté l'école à douze ans et mon précepteur ne valait pas grand-chose ensuite.

— Beaucoup de gens accèdent à l'université avec une éducation rudimentaire.

— C'est possible… J'aurais aimé avoir un diplôme en commerce et économie.

— Rien ne t'empêche de le passer maintenant. Il te suffit de travailler pour obtenir les qualifications de base. Je te donnerai l'argent pour le faire, Eva.

Elle le regarda, horrifiée.

— Je ne t'ai pas dit cela pour cette raison. Tu n'as rien à me donner. Tu en as fait assez pour moi, déjà.

— Ce n'est pas ce que j'ai voulu dire. Mais c'est un rêve parfaitement réalisable si c'est ce que tu veux.

— Pardonne-moi, soupira-t-elle, apaisée. J'ai réagi de

façon excessive. Je ne veux pas que tu penses que je me raccroche à tout ce que je peux obtenir.

— Crois-moi, fit-il en secouant la tête, tu es la femme la moins intéressée que je connaisse.

Elle sourit en levant un doigt.

— Ah, tu me reconnais enfin une qualité !

Les yeux de Vidal brillaient comme deux aigues-marines.

— Oh ! mais tu en as beaucoup d'autres, ne t'inquiète pas.

Vidal regarda Eva à travers la lumière vacillante des bougies. Jamais il n'avait vu une femme aussi belle. Mais il y avait quelque chose qui transcendait sa beauté à présent. Comme une luminosité qui n'existait pas auparavant.

Elle n'avait plus l'air si sérieux ni hautain.

À tel point que, lorsqu'il l'avait surprise dans la cuisine avec Chelle un peu plus tôt, il s'était demandé où était passée la Eva Flores qu'il avait connue.

— Qui es-tu ? murmura-t-il, à moitié perdu dans ses pensées.

— Que veux-tu dire ? lui demanda-t-elle, l'air surpris.

— Tu ne ressembles plus du tout à la fille que j'ai connue. Celle qui était prête à me griffer au moindre accès de colère.

Les yeux d'Eva étaient sombres ce soir. Indéchiffrables.

— Est-ce si difficile pour toi d'admettre que j'ai pu changer ? finit-elle par demander.

— L'évolution est spectaculaire. Au point qu'il m'arrive de me demander si tout cela n'est pas une ruse de ta part.

Il vit les doigts de la jeune femme se resserrer autour de son verre.

— Dans quel but, Vidal ?

— Celui de gagner ma confiance.

— Pour quoi faire ? Que pourrais-je obtenir de plus, selon toi ? Il me semble que les dés sont jetés depuis longtemps, non ?

Elle se leva, visiblement agitée, et alla s'accouder à la balustrade en lui tournant le dos.

Il ressentait le besoin étrange de la pousser dans ses retranchements. Comme s'il devinait qu'elle avait un secret à révéler.

Elle finit par se tourner vers lui, le visage tendu.

— Pourquoi fais-tu cela ?

— Parce que tu m'as appris il y a longtemps à ne jamais faire confiance à ce genre de moments. Et que je m'attends toujours à une réplique cinglante de ta part.

— Et si j'étais à court de répliques cinglantes ?

Vidal remarqua que ses yeux brillaient. Était-ce l'émotion ? Il se leva à son tour et fit quelques pas dans sa direction. Elle lui faisait face, dos à la balustrade, les mains sur les hanches.

— C'est quoi ton problème, Vidal ?

— Il ne se passera rien de plus ici, Eva. Nous allons bientôt prendre des chemins différents. Il n'y aura pas d'arrangement permanent.

— Un arrangement permanent ? Ce que tu peux être arrogant. Je me souviens que tu avais dit que j'étais la dernière femme que tu épouserais. Eh bien, ne t'inquiète pas, Vidal, tu es le dernier homme sur terre avec qui je voudrais me marier.

Il lui prit la main.

— Tout ce que je voulais te dire, Eva, c'est que tu n'as pas à faire semblant de jouer un rôle.

Elle leva les yeux vers lui.

— Et si je ne jouais aucun rôle, Vidal ? Et si la fille d'autrefois était celle qui prétendait être quelqu'un d'autre, juste pour survivre ? As-tu déjà pensé à ça ?

Elle le repoussa et entra dans la maison.

Pour la première fois de sa vie, Vidal était en proie au doute le plus profond. Si ce qu'Eva venait de dire était vrai, alors tout ce en quoi il avait toujours cru était soudain remis en question.

— Je suis désolé.

Eva garda les yeux fixés sur le livre qu'elle faisait semblant de lire. Elle était si blessée et fâchée contre Vidal qu'elle en tremblait.

Il lui prit l'ouvrage des mains et jeta un œil à la couverture.

— *La Révolution technologique*. Je ne te le recommande pas, il est très ennuyeux, ajouta-t-il en le lançant sur le canapé.

Il vint s'asseoir en face d'elle et elle tourna son visage vers les fenêtres.

— Eva, je t'en prie, regarde-moi. Je suis désolé.

Elle soupira et posa enfin son regard sur lui en espérant que sa souffrance ne se lirait pas sur ses traits.

— Je ne peux pas continuer à m'excuser au sujet du passé, Vidal. Je sais que c'est difficile à comprendre mais… la présence de ma mère et son influence étaient… envahissantes. Cela ne justifie pas mon comportement épouvantable, je le sais. J'essaie simplement de t'expliquer.

— Au fond, tout cela n'a plus d'importance, répondit Vidal. Nous sommes ensemble pour un temps limité, et plus vite l'alchimie entre nous s'éteindra, plus vite nous pourrons reprendre notre vie en main.

Même maintenant, alors qu'il l'avait blessée et qu'il était en train de lui dire qu'il se moquait de savoir qui elle était vraiment, Eva ressentait un désir violent pour lui.

Soudain, sa décision fut prise. S'il parvenait à être aussi distant, alors elle en était capable également. Elle allait se surpasser dans la froideur. Et pour cela, elle pouvait compter sur son expérience.

Elle se leva et se dirigea vers la porte.

— Où vas-tu ? dit-il dans son dos.

Elle le regarda par-dessus son épaule.

— Tu n'as pas une petite idée, toi qui sais tout ? lança-t-elle en faisant glisser une bretelle de sa robe. Cette alchimie ne va pas disparaître toute seule, n'est-ce pas ?

Eva sortit de la pièce en faisant retomber l'autre bretelle. Le temps qu'elle parvienne à l'escalier qui menait à sa chambre, sa robe avait déjà glissé sur ses hanches. Vidal qui l'avait suivie la prit dans ses bras sans qu'elle ne proteste. Il arborait un air sévère qui la ravit secrètement car elle savait qu'elle le rendait fou.

Tant mieux.

Parce que, de son côté, elle était tellement folle de lui qu'elle redoutait le moment où leur histoire prendrait fin. Elle devrait alors affronter ses véritables sentiments à son égard.

Pas maintenant. Pas encore.

— Mais, je n'ai jamais tenu un bébé ! s'écria Eva.

— C'est aussi simple que de faire du vélo, répliqua Chelle en lui plaçant d'office sa petite fille dans les bras pour aller accueillir des amis qui arrivaient.

La soirée avait lieu sur la plage, éclairée par des lanternes. L'ambiance était très décontractée. De gros haut-parleurs diffusaient une musique entraînante, et les tables étaient garnies de boissons et de mets délicieux. Eva s'était tout de suite sentie à l'aise.

Avec Vidal, ils étaient arrivés en retard. Depuis leur dernière conversation, leur relation avait pris une tournure plus… sauvage. Ils ne se parlaient quasiment plus, et il suffisait qu'ils se regardent pour finir au lit en quelques secondes.

À présent, elle se trouvait assise, un petit paquet chaud et vivant dans les mains, sans savoir quoi faire et osant à peine respirer.

Le bébé poussa un cri et Eva chercha désespérément de l'aide. En vain. Elle tenta alors de bercer la petite comme elle avait vu Chelle le faire juste avant. Par miracle, Lucy cessa de pleurer et ouvrit de grands yeux. Eva la regarda, surprise de découvrir ses grands cils et son air grave. Malgré sa terreur, elle était comme hypnotisée. Sans réfléchir, elle caressa la petite joue de sa main libre. C'était infiniment doux.

— Mais tu es une beauté, toi, n'est-ce pas ?

Elle ne savait même pas ce qu'elle disait. C'était totalement absurde. Mais étrangement, elle se détendit et installa plus confortablement la petite fille au creux de son bras.

Elle avait toujours ressenti la même émotion en voyant des enfants mais, cette fois-ci, elle fut incapable de la refouler.

Cet endroit… ces derniers jours… l'intensité de sa relation avec Vidal… Soudain, ce fut comme si ses barrières de protection s'écroulaient.

Et avec ce magnifique bébé dans ses bras, la vérité s'imposa à elle. Elle en voulait un à elle. Une famille qui la guérirait de ses blessures. Elle voulait tout cela avec Vidal. Elle l'aimait, bien qu'elle sache que, de son côté, il ne partagerait jamais ses sentiments.

— Tu fais ça très naturellement.

Elle tourna la tête. Vidal était venu s'asseoir sans un mot à côté d'elle.

— Mais tu pleures…, ajouta-t-il en fronçant les sourcils.

— Ah bon ? dit-elle en souriant à travers ses larmes.

Elle s'en moquait. Le bébé serra son petit poing autour de son doigt et elle le contempla, émerveillée.

— J'ai toujours pensé que je n'en voudrais pas, que je n'en serais pas capable, murmura-t-elle doucement comme si elle se parlait à elle-même. Mais au fond, j'en ai envie.

Tout à coup, Lucy se mit à pleurer de toutes ses forces et Eva regarda Vidal, paniquée.

— Que dois-je faire ?

Il lui prit la petite fille des bras et la redressa contre son épaule. Puis il lui tapota doucement le dos et celle-ci fit un petit rot. Elle cessa aussitôt de pleurer.

Eva le considéra, très impressionnée.

— Depuis quand t'y connais-tu en bébé ?

— Depuis que Hal est venu travailler à la maison et qu'il m'a confié celui qu'il gardait ce jour-là.

Chelle réapparut et elle récupéra Lucy avec une aisance qui fit envie à Eva.

— Vous venez ? C'est l'heure du gâteau.

Eva resta songeuse tout le reste de la soirée. Elle pensait à ce qu'elle venait de comprendre et qui la bouleversait.

Mais Vidal était distant. Sans doute troublé par ce qu'elle lui avait révélé au sujet de son désir d'enfant.

De retour à la maison, il invoqua des coups de fil à passer et la prévint qu'ils repartiraient le lendemain matin.

— Oh… très bien. Nous rentrons à San Francisco ?

— Non, à Madrid. Je dois assister à un événement. Ça te va ?

Elle hésita. Retourner à Madrid ? Plus rien ne l'attendait là-bas… ni nulle part, d'ailleurs.

— Ça me va parfaitement, déclara-t-elle d'une voix faible.

Vidal tourna la tête vers Eva qui somnolait dans le siège incliné en face de lui, une couverture sur les jambes. Elle avait décliné sa proposition de dormir dans la chambre de l'avion.

Il repensa à la fête d'anniversaire de la veille.

En la voyant tenir le bébé, il s'était figé. Le visage de la jeune femme était passé de la terreur à la tendresse pure, puis à l'émerveillement.

Elle avait pleuré.

Puis elle avait admis qu'elle voulait un bébé, sans coquetterie ni volonté de l'impressionner. Il aurait fallu être aveugle pour ne pas s'apercevoir qu'elle se l'avouait pour la première fois de sa vie.

C'est à cet instant précis qu'il avait compris que la situation était allée trop loin. Eva était différente à présent, même si les blessures de son enfance demeuraient vives.

Même Chelle l'avait vu. Cette dernière l'avait pris à part durant la soirée, à un moment où Eva n'était pas près d'eux.

« C'est une fille très spéciale, Vidal. Mais elle a beaucoup souffert dans la vie. Ne la blesse pas plus qu'elle ne l'a déjà été. »

Vidal avait été abasourdi par le fait que l'une de ses meilleures amies défende Eva et le mette en garde contre le mal qu'il pourrait lui faire. Il avait alors compris qu'il ne pouvait pas continuer à jouer la comédie dans cette relation.

Mais tu as toujours envie d'elle.

Il détourna le regard. Ce n'était que du désir. Ça allait s'estomper. Il devait aller de l'avant et trouver la femme de sa vie.

10.

Madrid était magique cet automne, baignée de soleil, de rouge et d'or. Eva se rendit compte qu'elle ne connaissait pas bien la ville. Quand tout cela serait terminé, peut-être viendrait-elle la visiter en prétendant être une touriste.

L'idée la fit sourire tandis qu'elle regardait le paysage défiler à travers la vitre de la limousine.

— Qu'est-ce qui t'amuse ?

Elle tourna la tête vers Vidal, assis de l'autre côté de la banquette.

— Rien, je pense à des bêtises.

Il avait l'air sérieux. Elle fut tentée de lui demander si tout allait bien, mais elle n'était pas sûre de vouloir connaître la réponse. Il était distant depuis Maui. Il ne l'avait plus touchée et le contact de son corps lui manquait terriblement.

Ils étaient arrivés à l'aube et Eva avait été surprise de constater qu'il avait réservé une suite dans un hôtel différent de celui où il était descendu la dernière fois.

« J'ai pensé que tu apprécierais de ne pas retourner à l'endroit où tu travaillais », avait-il expliqué.

Cette attention l'avait touchée.

Après s'être douchés et avoir pris un petit déjeuner, ils se rendaient à présent chez le notaire pour finaliser la signature des contrats définitifs.

La boucle est bouclée, pensa-t-elle tristement en sortant de l'étude un peu plus tard.

Alors qu'elle s'apprêtait à retourner dans la voiture, elle changea d'avis.

— Je crois que je vais rentrer à pied, dit-elle. J'ai envie de faire un tour dans un musée ou une galerie d'art.

— Pourquoi ? répliqua Vidal en fronçant les sourcils.

— Pourquoi pas ?

Elle retint son souffle quelques secondes, espérant qu'il lui propose de se joindre à elle, mais ce ne fut pas le cas.

— Comme tu voudras. Il faut que tu sois de retour à l'hôtel à 16 heures pour rencontrer la styliste et son équipe avant ce soir.

— De quel événement s'agit-il ? demanda-t-elle en tentant de cacher son manque d'enthousiasme.

— C'est une soirée caritative organisée pour financer la recherche contre le cancer.

Le cœur d'Eva se serra. Nul doute que Vidal se sentait concerné en raison de son père…

— Je serai là à l'heure, ne t'inquiète pas.

Vidal entra dans la voiture et regarda Eva qui traversait la route puis s'éloignait sur le trottoir. Elle portait un pantalon noir et un pull en cachemire sous son manteau clair. Avec son chignon haut et ses lunettes de soleil, elle ressemblait à n'importe quelle Madrilène élégante. Mais Vidal ne voyait qu'elle.

La voiture tourna au feu rouge et Eva disparut de sa vue. L'espace d'un instant, il faillit demander au chauffeur de s'arrêter pour courir la rejoindre.

Mais il se retint, les mâchoires serrées.

Leur relation touchait à sa fin.

Ils en avaient bien profité.

Il était temps pour lui de la laisser partir.

Eva rentra à temps à l'hôtel. Elle avait passé un moment agréable, visité une galerie et s'était arrêtée prendre un café en terrasse. Mais elle n'était pas parvenue à se débarrasser d'un sentiment de solitude et elle se maudissait.

Elle se lança dans l'épreuve de préparation et de mise en beauté avec la styliste et son équipe. Cette fois encore, sa robe était spectaculaire.

C'était une création en tulle transparent couverte de pierres précieuses, avec une ceinture de diamant et d'or autour de la taille. Son coiffeur lui fit un brushing et laissa ses cheveux détachés tomber en vagues sur ses épaules. Son maquillage était un peu plus prononcé qu'à l'habitude : du khôl soulignait ses yeux et ses lèvres étaient mises en valeur par un gloss rouge foncé.

En se contemplant dans le miroir, Eva se dit que sa mère aurait été fière d'elle. Elle avait tout de l'héritière flamboyante. Même si elle n'avait hérité de rien…

Elle surprit le reflet de Vidal dans l'embrasure de la porte et se retourna. Il était en train de fixer ses boutons de manchettes. Il portait un smoking blanc et un nœud papillon noir, qui le rendaient plus beau et ténébreux que jamais. Il leva les yeux vers elle et, pour la première fois depuis leur retour, elle ressentit une lueur d'espoir en voyant l'intensité de son regard.

— Tu es vraiment éblouissante, Eva, fit-il d'une voix rauque.

— Merci, répondit-elle en rougissant.

— Il y a quelque chose dont j'aimerais te parler avant que nous partions. Puis-je t'offrir un apéritif ?

Elle le suivit dans le salon de la suite et il lui proposa un verre de vin blanc avant de se servir un whisky.

Elle leva le menton sans même s'en rendre compte.

— Qu'y a-t-il ?

Mais elle le savait déjà. C'était inscrit sur chaque partie de son corps. La tension. La distance.

Le moment était arrivé.

— Je viens d'obtenir le financement que j'attendais pour mon projet, déclara-t-il. Je pars pour New York demain matin pour rencontrer mes associés et signer le contrat. Tu as joué un rôle clé dans cette affaire, Eva, et je t'en remercie.

— Mais je n'ai rien fait !

— Si. Bien plus que tu ne le penses. Tout le monde était charmé de ta présence. Surtout Sophia Brentwood et son mari – ce qui a contribué à ce succès.

Elle leva les yeux vers lui.

— Tu pars à New York… seul, c'est cela ?

Il hocha lentement la tête.

— Oui. Notre arrangement est terminé.

Eva eut l'impression qu'une lame venait de la transpercer. Elle avait du mal à respirer.

— Mais alors, pourquoi as-tu besoin de moi ce soir ? parvint-elle à articuler d'une voix faible.

— Parce que c'est un événement très médiatisé. Je veux attendre encore quelques jours avant d'annoncer publiquement notre rupture.

— Une fois que tu auras signé les contrats, je suppose…

— C'est plus prudent en effet.

Son ton désinvolte la rendit folle.

— Et donc, tu as l'intention de me laisser là, comme un bagage abandonné ?

— Tu es libre, sans dettes ni attaches. C'est ce que tu voulais, n'est-ce pas ?

S'il savait… Elle serait liée à lui pour le reste de sa vie. Il ne pourrait jamais y avoir un autre homme pour elle.

— Et si je refuse de venir ce soir ?

— Fais comme tu veux, répliqua-t-il en haussant les épaules. J'ai préféré te tenir au courant pour que tu ne penses pas que je te manipule.

— C'est très noble de ta part.

— Nous savions tous deux quelle serait l'issue de cette histoire. Je ne vois aucune justification pour prolonger une liaison passagère.

Vidal s'était amusé, il avait obtenu ce qu'il voulait et

s'était vengé au passage. Désormais, il était prêt à passer à autre chose.

Eva admira son pragmatisme.

Se comportait-il ainsi avec toutes ses conquêtes ? Leur proposant un verre de vin avant de leur annoncer froidement que c'était fini.

Elle prit une grande inspiration et posa son verre sur la table.

— Je suis prête. On y va ?

Il la fixa un long moment et elle pria pour qu'il ne devine pas, sous ses airs bravaches, que son cœur venait de se briser en mille morceaux.

— Très bien, murmura-t-il. Allons-y.

Eva réussit à survivre à la soirée. C'était sa première apparition publique dans la haute société madrilène depuis son retour et elle se retrouvait face à ceux qui s'étaient moqués d'elle il y a tant d'années.

Maintenant, c'était elle, la star. Tout le monde se pressait pour la saluer et lui proposer de la revoir. Mais pour Eva, c'était comme si des murs s'étaient refermés sur elle. Elle repensa à la maison transparente de Vidal à San Francisco et à sa villa à Maui. Elle aurait aimé y être en cet instant… elle s'y était sentie tellement libre.

Mais c'était impossible. Ce n'était pas chez elle. Elle n'avait pas sa place là-bas.

Le trajet du retour vers l'hôtel se fit sans un mot. Vidal l'avait à peine touchée pendant la soirée. La désirait-il encore ?

Elle savait que, s'il lui avait proposé de poursuivre leur liaison pour le plaisir, elle aurait accepté.

Au fond, il lui rendait service en lui permettant de garder sa dignité.

Vidal avait enlevé sa veste mais il se sentait comme un lion en cage et faisait les cent pas dans la suite.

Tout ce qu'il avait dit à Eva un peu plus tôt avait pour objectif de la libérer de cette mascarade et de l'aider à reprendre sa vie en main sans lui être redevable.

Alors pourquoi avait-il l'impression d'avoir commis une erreur ? Depuis, il était nerveux, instable.

Peut-être était-ce l'expression qui s'était affichée sur le visage de la jeune femme quand il lui avait annoncé qu'il n'avait plus besoin d'elle. Le choc. Et autre chose qu'il n'avait pas été capable de déchiffrer.

Ils auraient sans doute dû prolonger leur histoire d'un mois au moins. Pour être plus crédible auprès de ses investisseurs et aussi parce qu'il la désirait toujours. Tellement qu'il avait dû se contrôler pour ne pas se jeter sur elle après la soirée. C'était atroce de ne plus pouvoir la toucher. Ne plus sentir son parfum. Ne pas pouvoir se plonger en elle. Encore et encore.

Mais il n'avait pas le droit de continuer à jouer la comédie. Eva méritait mieux que ça.

Il entendit un bruit et se retourna. Elle se tenait dans l'embrasure de la porte et avait échangé sa robe contre un jean et une veste. Elle portait une petite valise à la main.

— Où vas-tu ? demanda-t-il, le cœur battant.

— Je ne vois pas l'intérêt de rester plus longtemps. Je retourne au *castillo*. Si je ne me trompe pas, il est encore à moi pour deux semaines, et j'ai besoin d'y faire du rangement.

Vidal fut soudain pris de vertige.

Il était désemparé, ce qui ne lui arrivait jamais.

— Merci, Vidal, reprit-elle avec un petit sourire. Merci de m'avoir libérée du poids de mon héritage, de m'avoir fait découvrir le monde, et aussi…

Elle s'interrompit et il sentit son cœur se serrer.

— Tu n'as pas à me remercier. Je t'ai presque forcée à me suivre dans cette mascarade.

Elle secoua la tête.

— J'avais le choix. Et j'ai voulu tout ce qui s'est passé.

Sa sincérité le toucha au plus profond de son être.

— Je te souhaite bonne chance, Vidal, fit-elle d'une petite

voix. Tu mérites de trouver la bonne personne et de fonder une famille.

— Tu le mérites aussi, Eva, dit-il, la bouche soudain sèche.

Elle lui adressa un sourire triste.

— Je sais qu'un jour je la trouverai. Je sais aussi qu'elle ne fera pas partie de la haute société, et c'est toi qui m'as aidée à le comprendre.

Jamais il n'aurait cru entendre ça de sa part. Il l'avait si mal jugée et sous-estimée.

— Laisse au moins mon chauffeur te raccompagner au *castillo*.

— Je veux bien, merci.

Et sur ces mots, elle quitta la pièce. Vidal entendit la porte d'entrée claquer. Il traversa la suite jusqu'à la chambre d'Eva. La robe de soirée était soigneusement accrochée à un cintre. Son attention fut attirée par un éclat de lumière. C'était la bague de fiançailles, posée sur la commode.

Il s'approcha, la ramassa et la pressa dans la paume de sa main, si fort que cela lui fit mal. Il n'avait pas le droit d'exiger autre chose d'Eva Flores. Il devait la laisser partir.

Une semaine plus tard, Eva se tenait près de la piscine. Elle portait un vieux short coupé et une chemise nouée autour de la taille. Ses cheveux étaient relevés sous une casquette de base-ball et elle avait une paire de baskets trouées aux pieds.

Il faisait anormalement chaud pour la saison et elle aurait bien aimé piquer une tête mais la surface était recouverte de feuilles mortes et elle les ramassait avec une épuisette.

Alors qu'elle se penchait pour atteindre des feuilles au loin, une voix s'éleva dans son dos.

— Fais attention.

Elle se figea. Elle avait cru entendre la voix de Vidal toute la semaine à travers les échos des murs du *castillo* mais, cette fois-ci, cela semblait réel. Était-elle en train de perdre la tête ?

Elle se redressa et regarda derrière d'elle. Éblouie par le

soleil, elle ne put distinguer qu'une silhouette – exactement comme le jour où il était réapparu.

La forme s'avança et elle le reconnut. Il était vêtu d'un costume trois pièces et elle songea à sa propre apparence en rougissant.

C'était bien Vidal.

Elle posa l'épuisette et enleva ses gants de travail.

— Pourquoi es-tu ici, Vidal ?

— Parce qu'il m'a fallu une semaine pour me rendre compte que j'avais commis une énorme erreur.

Le cœur d'Eva s'emballa dans sa poitrine.

— Que veux-tu dire ?

— Je n'aurais jamais dû te laisser partir. Avant cela, j'aurais dû au moins te demander ce que tu voulais.

— Ce que je voulais ? répéta-t-elle d'une voix faible.

Il s'approcha en la fixant de son regard brûlant.

— Oui. Que veux-tu, Eva ?

Ce que je veux…

Par où commencer ? Une étincelle de colère jaillit dans sa poitrine. Il se jouait encore d'elle.

— Cela ne t'a pas suffi de te venger ? s'exclama-t-elle, les mains sur les hanches.

— Que veux-tu, Eva ? répéta-t-il.

L'émotion la submergea. On ne lui avait jamais demandé une chose pareille.

Et le fait de le voir, ici et maintenant, eut raison de ses dernières défenses.

— Ce que je veux, Vidal, c'est que tu me pardonnes. C'est quitter cet endroit où je n'arrive pas à respirer. Le seul endroit où je respire, c'est près de toi.

Il s'approcha et elle plongea ses yeux dans les siens.

— Il n'y a rien à pardonner si tu ne me pardonnes pas aussi. La vérité, c'est que je t'aime, Eva. Et je crois que je t'aime depuis le début, quand tu me rendais fou.

— Ce n'est pas ce que je voulais alors, fit-elle, un peu confuse.

— Peu importe. Ce qui est fait est fait et je ne changerais ça pour rien au monde.

— Comment peux-tu dire ça ? J'étais une sale peste.

Il secoua la tête.

— Une peste exaspérante et magnifique. Et derrière cette gamine se cachait une femme merveilleuse qui attendait d'éclore.

Elle sentit que ses yeux la piquaient.

— Tu ne le penses pas. Tu ne peux pas apparaître comme ça et me dire ces choses-là…

Il effleura sa joue du doigt et elle crut défaillir.

— Pourquoi pas ? Tu es la femme de ma vie, Eva. Tu l'as toujours été. Tu m'as hanté pendant toutes ces années. Mon père devait s'en douter. Il a tout manigancé pour que je revienne ici.

Elle releva le menton.

— Tu disais que j'étais la dernière femme que tu épouserais…

— J'avais tort. En vérité, tu es la seule que j'épouserai.

Elle secoua la tête, perdue. Jamais on ne l'avait aimée. Elle avait toujours été si seule. Ce qu'il lui offrait la terrifiait, même si elle en rêvait.

— Il ne faut pas, Vidal. Il y a quelque chose qui ne tourne pas rond chez moi. C'est pour ça que mes parents ne m'aimaient pas. Tu verras…

Il lui enleva sa casquette de base-ball et ses cheveux se déployèrent sur ses épaules. Puis il prit tendrement son visage entre ses mains.

— Non, mon amour. Ce sont eux qui étaient tordus. Ils étaient de mauvais parents.

— Et si je le suis à mon tour ? demanda-t-elle en tremblant. Tu mérites d'avoir une famille heureuse. Je ne sais pas si…

Il l'interrompit d'un baiser avant de s'écarter pour la regarder.

— Tu le mérites aussi, Eva. Et que nous ayons ou non des enfants, nous serons heureux. Parce que tout ce dont j'ai besoin, c'est de toi. Et je ne partirai pas d'ici sans toi. Si c'est ce que tu veux aussi.

Elle prit une grande inspiration.

— J'en ai tellement envie que ça me terrifie.

— J'ai quelque chose à te rendre, fit-il en plongeant la main dans sa poche, avant d'en sortir la bague de fiançailles et de la lui passer au doigt.

Elle sourit de bonheur.

— Que va-t-il se passer maintenant ? murmura-t-elle.

— Nous allons laisser cet endroit et le passé derrière nous. Tu es d'accord ?

La joie monta en elle comme une bulle de champagne.

— C'est trop beau pour être vrai. J'ai peur que ce ne soit qu'un songe. J'ai si souvent rêvé de cet instant…

— Je sais comment te prouver qu'il est bien réel, dit-il, une lueur malicieuse dans les yeux.

Et sur ces mots, il sauta tout habillé dans la piscine en entraînant Eva avec lui.

Celle-ci remonta à la surface en riant. Vidal nagea jusqu'à elle et l'attira contre lui.

— Tu es fou, fit-elle en enroulant ses jambes autour de sa taille.

Il la guida jusqu'au bord et commença à la déshabiller.

— Je t'ai dit déjà combien de fois j'avais eu envie de te faire l'amour dans cette piscine ?

Elle acquiesça, brûlante de désir.

— Tu as toujours été le seul et l'unique, Vidal. Personne d'autre que toi n'aurait pu me sauver.

Il l'embrassa tendrement.

— Tu n'as pas besoin d'être sauvée, tu as besoin d'être aimée. Et je vais passer ma vie à te montrer combien tu en es digne. Mais j'ai besoin que tu m'aimes aussi, parce que c'est tout ce que j'ai toujours voulu.

Eva lui sourit malicieusement.

— Seulement ça ? Ce sera facile, alors…

Épilogue

San Francisco

Vidal traversa la maison. Le soleil déclinait et la silhouette du Golden Gate Bridge se détachait au loin sur le ciel flamboyant. Il se serait bien arrêté pour contempler la vue s'il n'avait eu autre chose de bien plus important à admirer.

Il s'arrêta à la porte de son bureau. La tête entre les mains, Eva était plongée dans la lecture d'un manuel d'économie. Ses nouvelles lunettes lui donnaient un air follement sexy. Surtout avec ce jean moulant et ce haut qui mettaient en valeur ses courbes voluptueuses.

Qui aurait imaginé que, sous sa froideur apparente, la princesse du *castillo* était une véritable Californienne ?

Elle s'était même mise au surf à Maui, où ils se rendaient le plus souvent possible.

Cette dernière année avait été une révélation. Ce qu'il partageait avec Eva allait bien au-delà de ce qu'il aurait pu imaginer ou espérer. Après une enfance meurtrie, la jeune femme avait fait bien du chemin et elle voyait un thérapeute qui l'aidait à faire la paix avec ses souvenirs douloureux.

Il toussota pour qu'elle s'aperçoive qu'il était là.

Visiblement, les livres sur lesquels elle travaillait en vue de passer son diplôme étaient passionnants.

Elle leva les yeux et lui sourit.

— Te voilà.

— Me voilà, épouse.

— Mari.

— Amour de ma vie.

— Tu es tellement sentimental, fit-elle en levant les yeux au ciel.

— Vous me paierez ça, madame Suarez, répliqua-t-il en entrant dans la pièce.

Eva se leva et vint se coller à lui.

— Mme Suarez, répéta-t-elle en l'embrassant dans le cou. Je préfère mille fois ça à Mlle Flores.

— J'ai une surprise pour toi à l'étage, dit-il.

Elle resta silencieuse un instant.

— Et moi, j'ai quelque chose à t'annoncer…

— Est-ce que ça peut attendre ?

— Oui, bien sûr.

Il la conduisit jusqu'à la terrasse, où se trouvait une grosse boîte entourée d'un nœud.

— Tu n'es pas obligé de m'offrir des cadeaux tout le temps. Je suis tellement gâtée que je ne sais qu'en faire…

— Chut, petite ingrate, fit-il en souriant.

Elle aperçut un seau à glace avec une bouteille de champagne et deux coupes givrées sur la table basse.

— Mais… notre anniversaire de mariage n'est qu'en avril. Et ce n'est pas non plus le tien, ni le mien…

Il posa une main sur sa bouche pour la faire taire.

— Nous ne sommes pas obligés d'attendre une occasion particulière. Sois patiente, mon amour.

Il la fit asseoir dans un fauteuil près de la boîte.

— J'y pensais depuis un moment mais j'attendais d'en trouver un parfait…

Peu après leur mariage, ils avaient commencé à essayer de faire un bébé, mais jusqu'à présent Eva ne parvenait pas à tomber enceinte. Il savait que cela inquiétait la jeune femme, alors il avait voulu lui changer les idées avec ce cadeau.

— Qu'est-ce que c'est, Vidal ?

Il souleva le couvercle de la boîte et en sortit une boule de poils dorée.

— Un chiot ! s'écria-t-elle en prenant le petit golden retriever dans ses bras.

Celui-ci, ravi d'être libéré, se mit à lui faire la fête.

Eva rit aux éclats avant de fondre en larmes.

Vidal s'assit à côté d'elle, soucieux.

— Le but n'était pas de te faire pleurer…

Elle secoua la tête et enfouit son visage dans la fourrure duveteuse du chiot avant de se redresser avec un sourire lumineux mouillé de larmes. Des larmes de joie.

— J'ai toujours rêvé d'avoir un chiot. Merci…

— Je sais que tu es inquiète parce que nous n'arrivons pas à avoir de bébé, murmura-t-il en essuyant ses larmes. Mais je suis sûr que…

Elle mit une main sur sa bouche pour le faire taire et il lui lança un regard interrogateur.

Alors, elle fit un signe en direction de la bouteille de champagne.

— Je crois que je ne pourrai pas en boire avant un certain temps.

Il lui fallut quelques secondes pour comprendre.

— C'est ça que tu voulais me dire ? s'exclama-t-il, pris de vertige.

Elle hocha la tête et posa le chiot, qui se mit en quête d'explorer la terrasse en reniflant partout d'un air passionné.

— Tu en es certaine ? Mais depuis quand ? Et comment l'as-tu appris ?

Eva rit et posa une main sur son ventre encore plat.

— Je suis à six semaines environ. Je ne voulais pas t'en parler avant d'être sûre, mais je suis allée chez le médecin et il m'a confirmé ce que j'espérais. Tout va bien mais il faut être prudent.

Vidal prit délicatement le visage d'Eva dans ses mains. Il était si heureux qu'il pensa que son cœur allait éclater.

— Tu seras une mère formidable, Eva, et tu donneras à notre enfant tout l'amour que tu n'as pas eu.

Elle sourit entre ses larmes, et il lut dans son regard un mélange de joie et d'inquiétude.

— Je l'espère.

— Aie confiance, mon amour. Tout va bien se passer.

Et huit mois plus tard, Eva sut que Vidal avait eu raison.

Elle tenait leur petite fille Inez dans ses bras et jamais elle n'avait ressenti un tel amour. Elle savait qu'elle mourrait pour cet enfant et qu'elle ne lui ferait aucun mal.

Quelques jours plus tard, tandis qu'ils marchaient tous les deux sur la plage au coucher du soleil, Vidal portant leur petite fille contre lui dans une écharpe, elle fut envahie d'un bonheur total et irradiant. Toto, leur chien adoré, courait dans les vagues après une balle.

Ils étaient une famille comme tant d'autres et ils partageaient un moment de joie simple mais profonde.

Vidal la regarda en souriant et il lui prit la main pour l'embrasser.

— Merci, murmura-t-elle en lui lançant un regard éperdu d'amour.

— Merci à toi. Je pensais savoir ce qu'était l'amour, mais je n'en avais aucune idée avant toi.

— Et moi, j'ignorais totalement ce que c'était ! répliqua-t-elle, profondément émue.

Elle passa une main autour de sa taille et ils poursuivirent leur promenade dans le soleil couchant.

Retrouvez prochainement,
dans votre collection

AZUR

Secrétaire ou princesse, d'Emmy Grayson - N°4620

Enceinte. Clara peine à croire le résultat qui s'affiche en lettres de feu sur son test de grossesse. Quelques semaines plus tôt, elle a perdu la raison entre les bras d'Alaric Van Ambrose et voilà qu'elle doit en assumer les conséquences. Sauf que son amant d'une nuit n'est autre que son patron – un prince de surcroît ! Alors qu'elle se désespère de cette situation inattendue, Alaric lui fait une proposition aussi folle que séduisante : quitter son poste de secrétaire pour devenir sa princesse…

La trahison d'un Italien, d'Annie West - N°4621

Dans la suite nuptiale de l'hôtel le plus prestigieux de Rome, Ida rejoint le cœur battant son tout nouvel époux. Et dire que Cesare Brunetti l'a choisie, elle, parmi toutes ces aristocrates qui lui tournaient autour ! Troublée à la perspective de sa nuit de noces avec le sublime héritier, elle déchante quand ce dernier lui révèle tout le mépris qu'il a pour elle. Sans le savoir, Ida s'est unie à l'ennemi juré de sa famille. Et, pour échapper à une vie de souffrance, il ne lui reste plus qu'une option : fuir…

Scandaleuse nuit au palais, de Maya Blake - N°4622

Douze ans plus tôt, le cheikh Tahir a failli perdre son trône et son honneur pour une femme. Mais, alors qu'il a tout fait depuis pour l'oublier, voilà que se présente aujourd'hui devant lui Lauren Winchester. La belle a gardé le pouvoir de le troubler, comprend-il aussitôt, avant de se ressaisir. Si Lauren se trouve dans son palais, c'est pour lui demander son aide, or Tahir compte profiter de cet avantage pour clore enfin leur histoire au goût d'inachevé…

La mémoire des sens, de Rebecca Winters - N°4623

Luna est bouleversée. Son époux, le prince Rinieri Baldasseri, qu'elle croyait mort à la suite d'un tremblement de terre, est vivant ! Alors qu'elle émerge d'un long cauchemar, un nouveau coup vient la frapper de plein fouet : Rini l'a oubliée. Envolés, leurs moments complices, leurs nuits torrides… Incapable de renoncer à leur bonheur passé, Luna ramène Rini chez eux, au palais de San Vitano, avec l'espoir secret de raviver en lui la flamme de la passion pour que renaissent leurs souvenirs…

Un dangereux aveu, de Julia James - N°4624

« Si quelqu'un a une raison de s'opposer à cette union, qu'il parle maintenant ou se taise à jamais. » Les mots du prêtre résonnent dans l'église médiévale italienne, tandis qu'Ariana se lève pour interrompre la noce. Face à une assistance médusée, elle révèle alors attendre un enfant de Luca Farnese, le futur marié ! Le scandale est immédiat, retentissant, mais il paraît moins dangereux à Ariana que le regard noir de l'homme qui fut son amant avant d'être son ennemi…

Une alliance avec Gianni Renzetti, de Lynne Graham - N°4625

Leur alliance sauverait Josephine de la ruine, et son ami d'enfance du scandale. Doit-elle néanmoins accepter d'épouser ce dernier ? Certes, Gianni Renzetti lui permettrait de conserver le domaine familial de Ladymead, mais il n'est pas un homme pour elle. Depuis toujours, il conquiert le monde et les femmes, tandis qu'elle aspire à une vie calme et rangée. Hélas, Josephine est dans l'impasse. Comment pourrait-elle dire non à Gianni alors qu'il tient entre ses mains son avenir… et son cœur ?

La belle et le ténébreux, de Clare Connelly - N°4626

Depuis six ans, Thirio Skartos mène une vie de reclus, au sein de son château perdu dans les Alpes. Ainsi coupé du monde de débauche dans lequel il s'est perdu autrefois, il espère expier ses fautes. Jusqu'au jour où la tentation vient frapper à sa porte, sous les traits d'une délicate créature prénommée Lucinda. D'abord furieux d'être dérangé dans son antre, il ne peut s'empêcher d'être séduit par la belle. Au point de rompre son vœu de solitude pour explorer avec elle le désir qui les pousse l'un vers l'autre…

Le milliardaire sans limites, de Lucy King - N°4627

SÉRIE : *LES FILS PERDUS D'ARGENTINE* - 3/3

Il n'a aucune limite. Elle n'aura aucune échappatoire… Le milliardaire Max Kentala joue selon ses propres règles et ne laisse personne se mettre en travers de son chemin. Aussi est-il d'abord méfiant à l'égard de la détective privée qui débarque dans son existence pour lui révéler le mystère de ses origines. Pourtant, seul avec la tenace Alexandra Osborne aux Caraïbes, il sent le désir le gagner et sa raison fléchir. Et, bientôt, Max ne songe plus qu'à conquérir la belle intruse…

Le yacht de la passion, de Tara Pammi - N°4628

SÉRIE : *RELATIONS PRIVÉES* - 3/3

Après avoir fui un mariage forcé, Clare trouve refuge… sur un yacht. Comme si la situation pouvait être pire, elle découvre que le propriétaire du luxueux bateau n'est autre que Dev Kohli, le milliardaire avec lequel elle s'est abandonnée à la passion autrefois. À mesure qu'elle vogue à ses côtés vers une destination paradisiaque, Clare se demande si en échappant à son destin elle ne s'est pas exposée à un danger plus grand encore – celui de tomber amoureuse d'un homme avec qui elle n'a aucun avenir…

Liaison grecque, de Jennifer Faye - N°4629

Depuis leur rencontre, Adara et Krystof entretiennent une liaison torride – et sans engagement. Mais Adara finit par se lasser de ces rendez-vous trop brefs et met fin à leur histoire vouée à l'échec. Jusqu'à ce qu'elle retrouve Krystof sur une île privée grecque, pour y préparer avec lui le mariage de leurs meilleurs amis. Dans ce cadre enchanteur, les derniers vestiges de sa raison s'évanouissent pour laisser libre cours à une passion dévorante…

L'empreinte du désir, de Heidi Rice - N°4630

Xanthe est troublée : pour récupérer l'héritage qui lui permettra de sauver son entreprise, elle n'a d'autre choix que d'aller à la rencontre de Dane Redmond, son mari, et de lui faire signer une fois pour toutes les papiers de leur divorce… Si l'idée de revoir celui qui l'a brutalement quittée dix ans plus tôt ne l'effraie pas – ne s'est-elle pas affranchie de son joug, en devenant une femme d'affaires accomplie ? –, elle comprend pourtant, lorsqu'elle pénètre dans le majestueux bureau de Dane, que les choses ne seront pas si simples. Car, à la seconde où leurs regards se croisent, elle se sent chavirer de désir…